サトウとシオ

イラスト 和狸ナオ

たとえばラストダンジョン前の村の少年が序盤の街で暮らすような物語 vol.9

学生催し物の大本命は
ロイドのご奉仕で決まり!?

ど、どうして
拍手が……？

栄軍祭は愛の一大イベント!?
無自覚デートで悪を撃退!

なんなんだこいつらは……？

ここでマリーさんを
守れないのなら

軍人になれなくてもいい！

目次［CONTENTS］

たとえば
ラストダンジョン前の村の少年が
序盤の街で暮らすような物語 9

サトウとシオ

GA文庫

たとえば
シリーズ途中から
リニューアル
されたような

登場人物紹介

Character Profile

魔女マリー

雑貨屋を営む謎の美女。
正体はアザミの王女様。

ロイド・ベラドンナ

伝説の村で育った少年。
最近自信がついてきた!?

リホ・フラビン

元・凄腕の女傭兵。
ロイドで一攫千金を狙う。

セレン・ヘムアエン

ロイドに呪いから救われた。
彼こそ運命の人と熱愛中。

アルカ

伝説の村の不死身の村長。
ロイドを溺愛している。

アラン・リドカイン

ロイドを慕う貴族の息子。
スピード出世を妬む声も?

ミコナ・ゾル

ロイドの学校の先輩。
マリーのことが大好き。

フィロ・キノン

ロイドに惚れる格闘家。
自分の気持ちに気付いた。

メルトファン・デキストロ

元・アザミ王国軍大佐。
今は農業の伝道者。

コリン・ステラーゼ

士官学校の明るい女性教官。
メルトファンに片想い中。

クロム・モリブデン

軍部に復帰した元近衛兵長。
生徒のせいで苦労が絶えない。

ユビィ・キノン

ロクジョウの元暗殺者。
実はキノン姉妹の母。

サーデン・バリルチロシン

ロクジョウ王国国王。
メナ、フィロの父でもある。

メナ・キノン

フィロの姉、士官学校の教官。
実は女優の顔ももっている。

怪盗ザルコ

なんでも盗みだす凄腕怪盗。
今回のターゲットは……？

ソウ

ルーン文字で作られた怪人。
不死身の運命を憂いている。

ショウマ

コンロン出身の若者。
ロイドの活躍に期待している。

第一章

たとえば海外ドラマのような様々な事件が交錯する文化祭的お祭り

アザミ王国士官学校講堂。

いつもならアザミ王国の未来を担う士官候補生たちが己《おのれ》が理想の軍人を目指し、勉学に勤しんだり、教官の目を盗んでは早弁したり、惰眠をむさぼり英気を養ったりする学びの場所です。

しかし、今日はなにやら妙な組み合わせ、そして妙な雰囲気の面々が顔を見合わせておりました。

講堂の右半分を占拠《せんきょ》するは初々《ういうい》しい雰囲気の一年生陣。

反対側左半分には脳筋が大半の武闘派集団でお馴染《なじ》み二年生陣。

その正面、黒板の前には二人の男女が並んでおります。

一人は険しい目つきとはちきれんばかりのおっぱいの持ち主、二年筆頭のミコナ・ゾル。

もう一人は可愛《かわい》らしさと料理の腕前で人気の一年生、ロイド・ベラドンナ。

柔和な笑顔が印象的な彼ですが今日は緊張の面《おも》もちで皆の前に立ち、手持ちぶさたなのか自分の軍服の袖《そで》をぎゅっと握っていました。一体何に緊張しているのでしょうか。

「…………この程度で緊張していては、この先やっていけないわよロイド・ベラドンナ」

キツイ女上司のような口調で叱咤激励《しったげきれい》するミコナ。

それに対しロイドは、新入社員のように平身低頭するしかありませんでした。

「す、すいません」

「謝る暇があったらさっさと議題を板書しなさい」

ロイドはまた「すみません」と口にすると急いで黒板に板書を始めました。

書き記された丸みを帯びた文字は……「栄軍祭の出し物について」。

彼が書き終わったのを見届けたミコナは、前を向きハキハキとした声で講堂にいる生徒に向け話し出したのでした。

「さぁ、みんな！　今年も栄軍祭の時期がやってきたわ！　士官候補生の威信に懸けて、大成功間違いなしのアイディアを募集するわ！　私たちの企画力！　行動力！　そして魅力！　その他諸々《もろもろ》アッピールしておいしい配属先に推薦してもらえるよう頑張るわよ！」

栄軍祭。

春の建国祭が一般的なお祭りならば栄軍祭は「軍主導のお祭り」です。

一般の商店が出店を開いたり国を挙げて盛り上がる建国祭とはまた違い、軍人による模擬店の数々、普段は入れないアザミ軍の敷地内に入れたり大砲や遠征用の馬車、大陸間鉄道の展示に軍楽隊のパレードなどなどアザミ軍と一般の方々が触れあえるお祭りなのです。今で言うなら自衛隊のお祭りなどを想像していただければ分かりやすいかと。

士官候補生として、そして希望の配属先に向けて有能さをアピールしたい上級生の皆々様はやる気に満ちあふれていました、就活前の学生のギラギラ感が出ていますね。

「しっかり板書なさいロイド・ベラドンナ！」

「あ、はぃ」

「弱々しい返事ね、そんなんで軍人が務まるの……腕の腕章が泣いているわよ」

ロイドの腕に巻かれているのは一年生筆頭の腕章。ミコナに言われその腕章をギュッと摑《つか》みます。

そう、彼はその人当たりの良さと真面目《まじめ》さが認められ、つい先日一年生の代表として選出されたのでした。誰一人として文句のない満場一致で、です。

「う、うぅ……みんなの代表なんだ、頑張らないと」

ロイドの緊張の原因はそれだったようですね、初めてキャプテンを任された部員のような心境なのでしょう。

「さぁ気を取り直して！　忌憚《きたん》なき意見を出してちょうだい！　何かあるかしら？」

ミコナの問いかけに颯爽《さつそう》と挙手したのは三白眼の少女でした。

「サボっていいすか」

「忌憚なき意見とは言ったけど無さすぎるのはどうかと思うわよリホ・フラビン。却下」

至極真っ当なご指摘を受けたのはミスリルの義手がトレードマークの元傭兵リホ・フラビン

です。

金儲《もう》け以外、全く興味を抱かない、ある意味素直な女の子と言えるでしょう。

彼女は堂々真っ正面からのサボタージュ宣言が一刀両断に却下されると……

「じゃ、楽なのたのんまーす」

と、頬杖《ほおづえ》をついてまどろみ始めたのでした。

こめかみをピクつかせながら、ミコナはロイドに向かって文句を言います。

「あなたの管轄でしょう、一年筆頭として注意なさい」

そう言われたロイドはたどたどしくリホを注意します。

「り、リホさーん。一緒に頑張りましょうよ」

「出し物決まったらそれなりに頑張るからよ、安心してくれロイド」

あっさり躱《かわ》される様子を見てミコナは「まったく……」と嘆息《たんそく》しました。

「さ、気を取り直して次のアイディア！　どんどん出してちょうだい！」

続いて手を挙げたのはブロンドヘアーの可愛らしい少女、セレンでした。

「ここは無難に私とロイド様の結婚披露宴にしましょう」

「どの辺が無難なのかしら、却下」

ロイド大好きすぎて常識が欠落している、もはや「ヤンデレ」ではなく「セレン」という概念として認識されつつある彼女をミコナはこれまた一刀両断で却下します。

「あはは、セレンさん、場を和《なご》ませる為のジョークにしてはちょっと」

おっと、ロイドは積極的なセレンの暴挙を「行き詰まった会議の場を和ませるジョーク」と捉《とら》えたみたいです……ぶっちゃけジョークだったとしても全然ウケていません、社長の「お前ら全員クビにするぞ（笑）」並みに笑えない冗談ですし。

「んもうロイド様……本気ですのに」

本気なら本気で大問題ですね、彼女の好意にロイドが気が付く時が来るのでしょうか……当分来なさそうですが。

さてさて、同級生の暴挙に同じ地方貴族出身で大男のアランが立ち上がり注意します。

「こらベルト姫！　お前は一年の代表となったロイド殿にどんだけ心労を加えたら気が済むんだ！　心にゆとりを持て！」

彼に対してセレンはむくれ顔で反論しました。

「さすが結婚式まで挙げた男は言う事が違いますわね。いいですわねぇ幸せで心にゆとりがあるんですすねぇ」

「おま！　ちょ！　それ言うな！」

さて、補足しましょう。この老け顔ボンバーな大男の名はアラン。訳あって身の丈に合わない数々の名声を得てしまっている不憫《ふびん》な男なのです。

曰《いわ》くドラゴンを気合いで倒した、古の英雄を召還した、最近では遠い異国の地にて素振りで山を砕いたとまで言われています。まぁ全部ロイドが絡《から》んでいるのですが……

そして、その名声を曲解され、色々な手違いによって何故《なぜ》か遠い異国の地でレンゲという女性と出会って数日で結婚式まで挙げてしまったというわけです。

さぁ、結婚という単語を聞いて女の子に縁のない男性陣や恋バナに興味津々な女性陣が詰め寄ります。

「マジかよアラン！」『お前、俺《おれ》たちと同じカテゴリーじゃなかったのかよ！」

「えーホントに⁉　その顔で？」『どんな人？　年の差いくつ？」

その様子をロイドは感心した眼差《まなざ》しで見つめています。

「さすがアランさんだ、上級生と下級生の垣根を一瞬で取っ払った、僕も真似《まね》しないと」

「しないでいいと思うぞ～ロイド」

頬杖をつきながら律儀にツッコむリホ、お仕事ご苦労様です。

「はいはい、それについては後で会見を行うから、いったん落ち着いて」

パンパンと手を叩《たた》き席に戻らせるミコナ。

「先輩！　望んでねーっす！　そんな会見！」

そして会見をいきなりセッティングされアランは半泣きでした。

まったく板書をする機会のないロイドは手持ちぶたさな状態で頬を掻《か》きます。

「気を取り直して、アイディア！　アイディアを……あい……ん？」

案を募るミコナの視界の端に挙手し続ける真顔の少女の顔が映りました。

「………ん」

「フィロ・キノン……もしかしてずっと」

「………手、挙げてた」

ずーっと挙手し続けていたのは、寡黙で表情の少ないダウナー系武道家、フィロ・キノンでした。

アスコルビン自治領で斬撃の秘術を体得、自分の過去にもケリを付け、さらにロイドへの好意も自覚した彼女、どうやら気配の消し方にも磨きが掛かったみたいですね。

「ご、ごめんね。じゃ意見をお願い」

高圧的なミコナも、さすがに申し訳ないと感じたのか眉根《まゆね》を下げて謝り意見を聞きました。

「……ここは無難に賭《か》け試合」

「さっきから思うのだけどあなたたちの無難って何なの？」

ツッコむミコナに対しフィロは提案したアイディアのメリットを真剣な眼差しで説明します。

「……相手ごとに配当金が変動、掛け金が変わる仕様、候補生の実力を世に知らしめると共に訓練にもなる」

結構、具体的な詳細まで考えていたようですね。意外に一生懸命だったのでミコナは叱るに叱れず困った顔をしました。

「努力は認めるわフィロ・キノン。努力の方向はあれだけど」

「……一晩考えた……ロイド師匠《ししょう》が喜びそうなの」

「そ、そうですね。何事も訓練！　常に強くなりたい気持ちはよく分かります！」

「…………一歩リード」

うっすら挑発的な顔を見せるフィロにセレンはむくれ、リホは面倒くさそうに頭を掻きました。

「くぅ！　フィロさんめぇ……」

「アスコルビン自治領から帰ってきてから積極的になりやがったな、まったく」

さて、やっと板書できそうな案にロイドは嬉《うれ》しそうです。

「真っ当なアイディアですし、書いていいですよね」

「意図は分かるけど、賭博《とばく》はさすがに却下ね、始末書書かされたあげく辺鄙《へんぴ》な地方に配属される可能性があるもの」

「…………しょんぼり」

真っ当な反対意見で却下されしょんぼりするフィロでした。

立て続けの却下で講堂が行き詰まった雰囲気で満たされます、これはなかなか意見を言いにくい空気ですよ。

その空気を一旦《いったん》断ち切るべく、ロイドが素朴な疑問を口にしました。

「あの、ところで去年はどんな出し物だったんですか」

ミコナは「よくぞ聞いてくれました」と胸を張ってドヤ顔します。

「ふふん、去年は今までだれもやらなかった「センセーショナル」かつ「これぞ士官候補生」な企画だったわ」

「なんすかソレ」

頬杖をついて「どーせろくなもんじゃねえ」と半眼を向けているリホにミコナは指を指します。

「聞いて驚きなさい！　薬草研究の発表よ！」

講堂全体に下級生の「うわぁ」などよめきが聞こえます。

上級生もまた、ミコナを除いてしんどそうな顔でした。

「ま、まぁ……驚きますわね。しょぼすぎて」

無難中の無難な企画、どのへんがセンセーショナルなのかリアクションに困りますね。

「今回もいい企画がなかったらこれにするつもりだけど」

「本気ですのミコナ先輩?」

うわずった声で聞き返すセレンにミコナは真顔です。

「もちろんよ。確かに大好評ではなかった、けど不評でもなかったのよ」

「………誰も見ていないから」

真実を口にしてしまったフィロにミコナは全力で反論します。

「見ている人は見ているわ！　ガッツリじっくり薬草のプロのところに取材に行ったのだから内容は充実しているし！　そして私も充実――ゲホン、勉強になったわ」

この言葉を聞いた一同は思いました、「あ、取材という名目でマリーの雑貨屋に入り浸っていたな」と。

ロイドと一緒に住んでいるマリーが大好きなミコナは下心を隠すことなく熱弁を振るうのでした。

「さぁ！　他《ほか》にアイディアがなかったら今回も陽気な薬草研究の発表よ！　私は一向に構わないのだけど！」

「楽ならいいんだけどよ、クロム教官怒らないか？」

リホは半眼を向けながら講堂の隅……クロム教官の方を見やりました。

手を抜くなと一喝するのでは？　講堂全員の視線が隅で座っている鬼教官クロムに集まります……が。

「――――――んご」

なんと彼は教員机につっぷし腑《ふ》抜け全開で惰眠をむさぼっていました。

「ど、どうしたんですかクロム教官」

心配そうに駆け寄るロイドに目を覚ましたクロムが寝ぼけ眼で彼を見やります。

「んぁ……おぉ、決まったか？」

「……ガチの熟睡？」

駆け寄るロイドが彼の背中をさすりながら容態が悪いのか尋ねました。

「た、体調不良ですか？」

「いやいや、ロイド君。疲れて寝てしまってな」

鬼教官の口から飛び出す、まさかの「疲れて寝ちゃった」発言。

アランもロイドの隣に駆けつけ一緒になって心配します。

「な、なんか悪いものでも食ったんですか」

心配そうな二人を見やると、クロムは申し訳なさそうにポツリポツリと疲れた原因を口にするのでした。

「いやなぁ、軍主導のお祭りだからとにかくやることが多くてな……警備は当然のことイベント関係のタイムスケジュール管理に自分たちの出し物、他国の来賓の警護、送られてきた展示用の美術品の管理、そしておそらく王様がよからぬことを企《くわだ》てていると思うので今のうちに仮眠をしたかったんだ」

包み隠さないぶっちゃけ発言に生徒たちは言葉を失いました。

「そ、そうなんですか。教官たちも出し物……大変ですね」

「ちなみにどんなのをやるんですの」

参考までに興味本位で聞いてみるセレン。

クロムは目をしょぼしょぼさせながらペラ一枚の企画書を懐《ふところ》から取り出しました。

「エンターテイメントに富んでいるぞ、テーマパークの企画みたいなものだな」

渡されたミコナがその書面を読み上げます。

「――隠れヒッキーを探せ、何ですかコレ」

眉根を寄せる彼女にクロムはあくびをしながら質問に答えました。

「隠れヒッキーを探せ、まぁ隠れ潜む指名手配犯という名の社会的引きこもりをみんなで捜してとっ捕まえようという企画だな。この顔にピンときたら教えてください……ってやつだ」

「ただの凶悪犯のビラ配りですわよね」

「軍人が普段やる活動だな」

「……手抜き」

クロムは悪びれることなく寝ぼけ眼をこすりながら言い訳します。

「悪党はこういうイベントに紛《まぎ》れ込んで悪さをするもんだ、お前等も名前くらい覚えておけよ、特にこの「怪盗ザルコ」ってのには要注意だ」

クロムはもう一枚懐から、今度は指名手配書を皆に見せます。

背の低めの男が絵画を担いで逃亡している写真は、顔が隠れ人相が全く分からず手配書として機能していません。

「……肝心要の顔が映っていない」

「写真はその一枚しかないんだ、しかも変装の名人でな、本当の顔は誰も見たことがない」

「怪盗ザルコ……主に美術品や金目の物を盗む盗賊ですか……」

クロムは指に付いた目ヤニと格闘しながら頷《うなず》きます。

「最近特に活発なんだ、盗賊として名を上げたいようで、とにかく予告状などを使ったり目立つ行動をして盗みを働く」

「顔は隠すのに名前は上げたい不思議な犯罪者ですわね」

「ま、警戒してくれ……さて、よいしょと」

クロムは枕《まくら》を抱えながら講堂から退室しようとします。

「ちょ、ちょクロム教官！ まだ決まっていないんですけど！」

「んー？ そろそろ王様に呼ばれた時間なのでな。お前たちの出し物はアレだ、生徒の自主性を尊重するってやつだ。よっぽどの企画じゃない限り何でも良いぞ……そうだ、警備のローテーションもちゃんと決めておいてくれ……じゃ、頼んだぞロイド君」

それだけ言うと寝起きのおぼつかない足取りでクロムは講堂から出ていったのでした。

――バタン
講堂の扉が閉まった後、しばらくの間静寂が場を支配しました。

生徒たちの頭の中で駆けめぐる「自主性を尊重する」「何でもいい」というクロムの発言。

次の瞬間、たがの外れた男性陣が一斉に挙手し本能に任せた企画を提案しはじめます。

「ロイド君！　メイド喫茶を提案します！」

「ロイド！　メイドしゃぶしゃぶって板書してくれ！」

「いきなりメイド！　いきなり板書してくれ！」

怒濤《どとう》のメイド推しにロイドはあたふたしながらも律儀に全部板書しました。

「え、えーっとしゃぶしゃぶ……」

欲望に忠実、脳内本能寺《ほんのうじ》の変、男子上級生と男子下級生の垣根が宇宙の彼方に吹っ飛んだ瞬間でした。

それに待ったをかけるはミコナを含む女性陣です。

「ちょっと男子！　なんでメイドを軸に考えているの！」

ぐうの音も出ないほどの正論。

しかし正論に対して煩悩《ぼんのう》で対抗する男性陣。紛糾《ふんきゅう》も辞さない覚悟の猛抗議ですね。

「アピールだったらメイドが最適解だろうが！　厳密にいうとミコナのおっぱいだろうが！」

「去年の薬草よりマシだって！　薬草発表するくらいならミコナのおっぱい発表しようぜ！」

「するかアホども！」

男子上級生は、よっぽど去年の地味な企画に鬱憤《うっぷん》が溜《た》まっていたみたいですね。

ミコナは顔を赤らめて猛反論しますが露骨な「おっぱい」発言に気圧《けお》され気味です。

「そういや先輩たちはジオウとの戦争しそうな時期に入学したから漏《も》れなく脳筋なんだよな」

リホの豆知識に一年の女性陣は妙に納得するのでした。

さて、なおも食い下がる男性陣はパワハラ一歩手前の持論を展開します。

「メイド喫茶だぜ⁉　ミコナのおっぱいと！　ロイド君のおいしい料理があれば栄軍祭で天下取れるって！」

「その意見！　遠回しにメイドをバカにしていないかしら！」

そんな中、上級生のメガネ女子がメガネをクイッとしながら討論（笑）に割って入ります。

「ならば女子は対抗して執事カフェを提案します、ロイド君、書いて」

「あ、はい……執事カフェ？」

聞かれた上級生メガネ女子はメガネを光らせながら饒舌《じょうぜつ》に語ります。執事カフェがなんたるかを。

「執事カフェとは――（中略）――とまぁ一言でいうなら女子の本懐ね……」

メガネ女子の約二十分にわたる熱弁に他の女子も「然り」と同意します。

「べ、勉強になります」

「よろしい、では板書を」

執事カフェと板書するロイドを見届けた後、メガネ女子は静かに、そして熱のこもった意見を提示します。

「カフェの部分はロイド君の料理、そして執事の部分は鍛え抜かれた男性陣、ニッチなお客はミコナのボーイッシュな執事で対応できるわ」

「私ニッチ担当なの⁉」

「そしてオネエにはアランが上半身裸執事で対応……完成された隙《すき》のない布陣で栄軍祭の天下を取れるわ」

「俺の扱い！」

そして上級生と下級生で別れていた講堂はいつしか男子対女子の妙な熱気のこもる討論会へと発展していったのでした。

さて、この争いにセレンも参戦します。

「ロイド様の執事姿！　そしておもてなし！　アリよりのアリですわ！」

「…………そう言いながら寄っちゃだめ」

隙を見ては肉体的接触を図るセレンを握手会の剝《は》がしのように華麗に引っ剝《ぱ》がすフィロ。いいコンビですね。

その時、事態を急変させる一言が一人の上級生の口から飛び出しました。

「いいだろメイドの方が！　盛り上がるし！　それに「お金も儲かる」しよぉ！」

――金、それは先立つもの。

――金、すべての人間が囚われ欲する魅惑の代物。

「儲かる……だと？」

耳をピクピクさせたリホはその発言をしたつり目の先輩に向かって番記者のように怒濤の質問を開始します。

「え？　お金稼いでいいんですか？　どのくらい？　何割持って行かれるとか？　ショバ代は？　営業時間は何時まで？　あと――」

圧倒されうろたえる先輩は机からマニュアルを取り出しリホに渡します。

「そ、その辺はコレに詳しく書かれているから」

かっぱらうように先輩のマニュアルを奪い速読&熟読を始めるリホ、さっきまでのやる気のない目つきはどこへやら、見開き生気に満ちあふれています。

「ショバ代無し……立地的に……風営法ギリギリのメイド喫茶……」

頭の中でそろばんを弾《はじ》きに弾きまくった後、リホは颯爽と演壇に上がります。

「り、リホさん？」

「チョーク借りるぜロイド」

彼女は男前にチョークを手にすると腹の部分でデカデカとメイド喫茶の部分を丸で囲みました。

「お静かに！！！！！！」

キャラらしからぬ大声を放つリホ、場は一時静まりました。

軽く咳《せき》払いをした彼女は今度は聞き取りやすい音声でゆっくりと、この場にいる全員に話しかけます。

「というわけで、本日リホ・フラビンがみなさんにご提案するのは士官候補生のイノベーション、革命と言っても過言ではありません」

いきなりプレゼンを始めるリホにセレンとフィロが苦言を呈します。

「急にやる気になって登場しましたわね」

「……………たぶんお金、分かりやすい」

出しゃばる彼女にアランが声を荒らげます。

「おい女傭兵！　ロイド殿が一年生筆頭なのになんでお前が仕切っている」

「私も仕切りなんだけど！　無視するのかしらアラン・トイン・リドカイン！」

自分も仕切りなのに……と蔑《ないがし》ろにされ激高しつっかかるミコナ。

そんな二人に「お静かに」と口に指を当ててみせました、やり手のプレゼンテーターが如《ごと》くです。

「なんで私が注意されるの？」と腑に落ちないミコナ。

リホは優しい声音《こわね》を彼女に向け落ち着かせます。

「大丈夫です、あなたの輝けるイノベーションの場は私が必ず設けますから」

恭《うやうや》しく礼節をわきまえた敏腕ビジネスマンのような挙動にミコナは「あらそう？　ならい

いけど」と簡単に丸め込まれたのでした。一言、チョロイ。

うるさいのを黙らせた後、リホは机をバンと叩いて自分に注目させ本題に入りました。

「前回の薬草研究、そして発表。これも士官候補生として大変有意義だと思います。が、いかんせん集客力に欠けているのも事実であります」

リホは黒板に客数とアピールという文字を書きニアリーイコールと示します。

「お祭しのように客数の低下はアピールの低下につながります。いくら内容が素晴らしくてもこれはいけません」

「ま、まぁ確かに……素晴らしいけどお客さんは皆無だったわ」

皆無って認めちゃったねミコナさん。

「足りないんですよ、イノベーションが、大さじ二杯くらい」

「…………イノベーションって調味料？」

もっともらしいことを口にし続け無理矢理納得させる詐欺師の手法を無意識に使うリホ。彼女のことを良く知る人間は呆《あき》れていますがそれ以外の人間は聞き入っちゃってますね。

そして自分に注目が集まっていると察した彼女は畳みかけに入ります。

「そう、イノベーションの足りている企画！　この中でずば抜けているのが……メイド喫茶なのです！」

カカッと黒板の丸で囲った項目をチョークで叩き強調するリホ、さながら人気予備校講師です。

「うおぉぉぉぉ！」

沸き上がる歓声。野太い男性の声のみなのは言うまでもありませんね。

「ちょっと待ちなさいリホ・フラビン！　なんでこんないかがわしいことをしなければならないのよ！」

「立地条件、集客力、親しみやすさ、諸々を加味しての結論……と言っておきましょうか」

「金だな」

「お金ですわね」

「……金」

ご名答、さすが付き合い長いですね。

とまぁ目がお金のマークになっているリホの下心を的確に見抜いている仲間でした。

しかし、分かりやすい守銭奴の言動なのですが……男性陣、特に前年クソつまらなかった企画に付き合わされた先輩方はエラい盛り上がりです。

「あのー先ほど言っていた親しみやすいというのは、メイド喫茶ではさすがに難しくないですか？」

さすがのロイドもメイド喫茶で士官候補生の親しみやすさアップはどうかと懐疑的です。

　リホは当然来る質問に用意していた回答で言いくるめようとします。

「安心しろロイド、これはな、士官候補生がより親しみやすくなれるよう考えたベストな企画なんだぜ」

　彼女は黒板にスラスラとイラストを描き分かりやすいように自分の意見を提示しました。

「お金絡むと小器用ですわねリホさん」

　軍人の厳つい雰囲気のイラストとメイドさんのキラキラしたイラストを即座に描いてみせたリホにセレンは一周回って感動していますね。

　そんな言葉なんぞ意に介さず、リホは熱のこもった持論を展開します。

「このように！　軍人のイメージは堅い！　怖い！　厳つい！　しかしそんな軍人がメイド服になるとあら不思議！　ギャップが生じることにより親しみやすさが断然増すのです！　一般人がメイド服を着てもここまでの効果は得られない！　断言できます！」

「……このようにってどのように？」

「だよな！　みなさま！」

　みんなというより男性陣に対してアピールして焚きつけている雰囲気はありますが、それに呼応する先輩。

「「「あったりめーだぁぁぁぁぁ！」」」

　いやぁ、実に男気と性欲溢《あふ》れる声です。

「そしてもう一つは！　上級生と下級生の共同戦線！　今までは決して仲が良かったとは言えなかった間柄でしたがここで同じ服を着て一つになることが大事だと思います！」

「いや、同じ服って士官候補生の制服も大差──ほげぇ！」

リホのサイレントボディブローにノックダウンするアランは前のめりに倒れ込みます。これ当分起きない倒れ方ですね。

「メイド服は！　世界を一つにする！　下級生代表のロイドの家庭的な料理と！　上級生筆頭のミコナ先輩のおっぱい！　この二つが友好の証となるのです！」

「人のバストを勝手に友好の証にしないでちょうだい！」

「いいじゃないすか先輩！　先輩のボディ、メイド喫茶なら主役も乳も張れますよ」

「あなたお金絡むとよりいっそう下品になるわね」

さて、男性陣の声量にかき消えていますが、さすがに異を唱え始める女性陣。

メガネをクイーしながら知的系メガネ先輩が女子を代表して反論します。

「昨今のコンプライアンス事情を鑑みると一般女性からクレームがガッツリ来ると思うのだけど、その辺はどうお考えですかリホさん」

お金が絡むと口の回るリホは、その意見に納得の意を示しつつも反論します。頭ごなしに否定しないところがやり手ですね。

「もちろん、その辺も抜かりなく考えております！　女性陣にはメイド服、男性陣は執事服……男性客女性客両方のニーズに合わせたメイド&執事喫茶を考えております」

という折衷案がリホの言い分のようです、が実際恥ずかしい衣服を着る女性陣はそれでも納得いかないご様子です。

「ちょっと割に合わないと思うんだけど……」

「いいだろ！　こっちは執事服を着るんだ！　そっちはメイド服！　等価交換だろ！」

「バカ言わないでよ！　何が等価交換よ！」

所々で小競り合いが始まる始末、困り果てたロイドがリホの裾《すそ》を摘《つま》んで助けをこいます。

「り、リホさん、どうしましょう揉《も》め始めちゃいましたよ」

「こうなるとは思っていたぜ……んじゃ奥の手を使うか」

「奥の手ですか？」

リホは話が纏《まと》まらないのを予見していたようで、すぐさま次の作戦を実行することにしました。

「はい注目！」と彼女は通る声で黒板を見るよう全員に促します。

「確かにメイド服は露出が多く恥ずかしいかも知れません、しかしご安心ください、スカートの長いタイプもご用意しております」

そして彼女は黒板にシックなタイプのメイド服を描き始めます。ロングスカートの露出の少ないメイドさんの絵は皆が想像していた破廉恥《はれんち》系とは違い、可愛くお洒落《しゃれ》で着てみたいという欲求をかき立てるものでした。

「ま、まぁこれならば……」

女性陣のガードが下がったところを見逃さないリホ、駄目押しの奥の手を繰り出します。

「さらに、女性陣の気持ちも考慮に入れ！　一部の男子にも着ていただきます、メイド服っ！」

そしてリホはすかさずロイドをたぐり寄せ「この子が着ます」アピールをしました。

一部の男子……本来ならばアランを代表とするむさ苦しい男連中ですが、ロイドを真っ先に見せることによってその先入観をロイドを軸にしたイメージに置き換えたのでした。

まさに策士。

モデルのイメージは重要ですよね。簡素なシャツのコマーシャルでも長身のモデルが着ればすごいカッコイイファッションに見えますから。実際着てみると「なんか違う」になるのはご愛敬ですが。

こうして真っ先にロイドを盾《たて》にして男のメイド服姿＝ロイドのメイド服姿だとスムーズに脳内変換させる作戦は見事に的中。

「「おぉ……」」

一瞬で女性陣の脳内には可愛いメイド男子の姿が咲き誇り、実際自分の周囲にいるそこらのゴロツキに毛が生えただけのようなむさい男子に脳の容量を割く余裕はないようで――

「「ありね！」」

メガネ女子上級生もメガネをクイクイしながら興奮気味に賛同の声を上げてしまいましたとさ。はい、この子も脳筋なんです。

反対していた女性陣があっさりオセロのように手のひらをひっくり返し賛成側に回りました。後はもう良いように良いように解釈していきます。

「薬草研究よりおもしろそう」『カワイイ服着てみたかったのよ』『カップリングが捗《はかど》るわ」

約一名あらぬ方向の期待に胸を膨らませているみたいですね。

もちろんリホの頭の中では執事服以前にロイド以外の男子はフロアに出すことなくキッチンに封じ込めるつもりでいます。売り上げを下げる要因は徹底排除の方向、やり手オーナー爆誕です。

「え、僕がメイド服を着るんですか?」

さて、当のロイド本人は困惑しております――が、周囲の勢いがすさまじく押し切られてしまいます。

「見たいですわ! あぁ! 見たいですわ!」

「……くっ! 見たい!」

セレンもリホも懐柔《かいじゅう》されたようなもの、賛成側にガッツリ回っています。

そしてアランはノックダウン中。

完全に反対しているのはとうとうミコナくらいしかいなくなってしまいました。

す。

「ちょっと、リホ・フラビン！　私はメイド服なんて認めないわよ」

この人はロイドのメイド服では懐柔できないと悟っているリホは最後の締めに取りかかりま
「逆に考えてくださいよミコナ先輩、ロイドに勝つチャンスでもありますよ」

「え？　どういうこと？」

彼女はいやらしい笑みを浮かべながらミコナにそっと耳打ちしました。

「このメイド&執事喫茶では指名制度を採用しようと思っています」

いきなり闇《やみ》の深い単語を口走るリホにミコナは訝《いぶか》しげな顔をしましたが、そのリアクションも折り込み済みなのか彼女は臆《おく》することなく言葉を続けます。

「ミコナ先輩みたいな綺麗《きれい》な人が男の女装に負けるわけないじゃないですか、つまりロイドより先輩の方が断然有利です」

「ま、まぁ女装という色物に負ける気はしないわね」

ほめられたミコナは満更でもない顔になりました。相変わらず分かりやすいですねこの人。

ちなみにリホは口でこう言っていますが「絶対ロイドの方が客ウケするだろうな」と踏んでいます。こんな時の彼女の嗅覚《きゅうかく》はずば抜けていますので、おそらく間違いないでしょう。

そんなことはつゆ知らず、ミコナは神妙な面もちでアゴに手を当て思案します。

さんざん今まで苦汁をなめさせられてきたロイドに一矢報いるチャンスなのでは。

上級生の凄《すご》さを知らしめることは卒業後の配属先に有利なのでは。

さすがに女装男子と純然たる女子の自分、メイド姿ならば勝ち目はあるだろう。

指名数という言い逃れできない数字でロイド・ベラドンナに勝てる……

「なるほど、勝ち筋が見えたわ」

ミコナは不適な笑みを浮かべ全員に呼びかけました。

「聞きなさい！　我々士官候補生はメイド&執事喫茶をやることに決定したわ！　異論はないわね！　やるからには全力で取り組むこと！　いいわね！」

やる気満々で仕切り始めるミコナを見て「やっぱちょれーなー」とリホは口元をつり上げました。

さて「ロイド様のメイド姿や執事姿が見られますわ」と天にも昇る気持ちのセレン。

その腰元に装着されている呪《のろ》いのベルトことヴリトラが気絶しているアランの元へニュルンと伸びます。

「おい、起きろスルト……いやトニーよ」

ヴリトラがちょんちょんとアランの大斧《おおおの》を突くと、大斧は淡い光を放ちだしました。

「――んぁ……グッドモーニング、ヴリトラさん……じゃなかった石倉主任」

「大丈夫か？　お前のようなメイド喫茶好きそうな男がずっと黙っているんで心配したぞ」

「そりゃぽっちゃりに対する偏見ですよ主任……実際好きですけども」

ここで説明しましょう、アランの斧に憑依《ひょうい》しているのは魔王スルト、自治領のいざこざの際成り行きでアランと意気投合した人外で本来は燃えさかる亀の姿をしています。

そして呪いのベルトに憑依しているヴリトラは元コンロン村の守護者、肉体が消滅しかかった際、偶然自分の皮であしらわれた呪いのベルトに憑依し持ち主のセレンを主《あるじ》と呼びこき使われる日々を送るハメになった苦労人です。

いずれも元は「コーディリア研究所」の職員で元人間。この世界がおかしなファンタジーになった理由を探し、また悪さをするユーグという研究員の暴走を止める目的を持つ者です。

「なら一体どうした？　昔のように悪い店に入り浸って眠いわけではあるまいな」

ヴリトラは人間だった頃《ころ》のように部下の不摂生を注意しつつ心配します。

「ノーノー違いますよ。自分の皮で作ったベルトに憑依している主任と違って俺は無関係の斧ですからね、完全憑依できなくて意識がボーとしちゃうんですよ」

「そうか……頼むぞ、アルカと共に世界がこんな風になってしまった原因を突き止め、元に戻すにはお前の力は不可欠だからな」

「分かってますって……しっかしのんきにお祭りですか、ユングの嬢ちゃんがヤベーことをしようとしているのにいいんですかね」

ユーグの魔の手が確実に迫っている状況を危惧するスルト。ヴリトラはベルトの先端を首のように横に振ります。

「これは我々コーディリア研究所の人間の問題だ、極力手を煩《わずら》わせたくないのが本音だ……まぁ相手にも彼らと因縁浅からぬ人間もいるようだし、いずれは巻き込んでしまうだろうが……」

「ロイドボーイとかのブラザーも絡んでいるみたいですしね」

「来《きた》る日まで、我が主セレンちゃんとご学友にはこの一時を大切にして欲しいのだよ……ウチの娘にはしてやれなかったのでな」

ヴリトラは我が子を見るような雰囲気でロイドたちの馬鹿《ばか》騒ぎを見ていました。

「オッケーです主任……ところでメイド喫茶ってマジっすか⁉　この世界でそんなジャパンの熱い――」

鼻の穴を広げて興奮する様が浮かんでくるようなスルトのテンションの上がりっぷりに、こっちには情けない部下を冷ややかに見つめる上司のような空気を醸《かも》し出します。

「ハッスルするのはホドホドにしておけよ……」

かくして士官候補生の出し物はメイド&執事喫茶になりました……が、この模擬店がアザミ王国の波乱、その中心になるとは、この時誰も想像していなかったのでした。

アザミ城、謁見《えっけん》の間。

そこにはアザミ王、ルーク・シスル・アザミが豪奢《ごうしゃ》な王座に腰をかけておりました、隣には西のなまりでおなじみコリン・ステラーゼ大佐と彼女と仲良しフィロの姉メナ・キノンがいます。

彼の眼下ではクロムが片膝《かたひざ》をついてかしずいていました。

「クロム・モリブデンただいま参上しました」

さっきまでの腑抜けモードはどこへやら、すっかり目は覚めやる気スイッチがオンされている模様です。

そんな彼を糸目のメナが朗《ほが》らかにいじります。

「いや～十分十五分の仮眠は脳を活発にするって言うしね、企業でもお昼寝取り入れているところも少なくないみたいだし」

「ぬっ……メナ、なにが言いたい」

「ほっぺに痕ついてるで、クロムさん」

呆れるコリン。

惰眠をむさぼっていたことがバレてしまい、クロムは四角い顔を紅潮させて狼狽《うろた》えました。

「ち、違うんです王！　これは……」

アザミ王は髭《ひげ》をなでながら微笑《ほほえ》んでいます。

「よいよい、栄軍祭の準備もそろそろ活発になって来ておるし疲れておるんじゃろう。お主はアザミ軍になくてはならん存在、休めるときに休みなさい」

「も、もったいないお言葉っ！」

寛容な王様に深々と頭を下げるクロム。

王様は彼の肩に手を置きました。

「春の建国祭で魔王に憑依されていた私の失態を払拭《ふっしょく》する意味でも、栄軍祭は安全に終わらせたいのだ。当日は頼むぞクロム」

「はい！」

「ところでプロフェンから送られてきた「例の石像」はどこに保管してあるのかな？」

クロムに代わってメナがその質問に答えます。

「地下宝物庫にて厳重に保管しています、なかなか大きな石像なんであそこが一番かと」

王様は「うむ」と唸《うな》ります。

「あれの警備も頼むぞ、プロフェンの王イブ様に無理を言って貸し出してもらったのでな」

「心得ました～」

軽妙な返事をするメナ、その横で聞いていたコリンが興味本位で王様に質問します。

「王様、ウチも運ぶの手伝ったんですけど……アレどんな石像なんですか？」

「あ、そうだそうだ、私も気になってたんですよ～王様～」

二人に聞かれ王様は笑って答えます。

「おや？　その様子は見ていないのかな」

「はい、傷つかんように厳重に布が巻かれとったんで」

王様は「いい機会だ」とその石像について説明を始めました。

「あれはプロフェン王国に伝わる「愛の石像」なのだよ」

「愛ですか」

「うむ、愛だ。愛の神を形どった実に抽象的な石像で、恋愛成就のご神体として奉られていた物なのだよ」

恋愛と言われコリンは乙女《おとめ》の顔をします。

「恋愛成就……かぁ、なるほどなるほど」

「んん～？　どったのコリンちゃん」

気になる相手のことを知ってるメナは茶化すようにコリンの顔をのぞき込みました。

「な、何でもないでメナやん！　お、王様！　抽象的って見た目はどんな感じなんですか？」

露骨に話題を逸《そ》らすコリン。胸中を察してクスクス笑うクロムとメナに彼女は「シャー」と威嚇しています。仲良いですね。

コリンの問いに対して王様は腕を組み、しばし考えてから口を開きました。

「説明が難しいのぉ、一目見ただけでは何やら分からん、しかし圧倒される何かが内に秘められていて混沌《こんとん》と破壊、それに生じる再生こそが愛……そんな深い意味合いを醸し出しておったわ」

「へぇ～、深かったんですか。そんな井戸より深い「愛の石像」で何を企んでいるんですか？」

「メナよ、お主もなかなか鋭くなったのぉ。その通り、これを見るのじゃ」

笑いながら王様はメナの洞察力を誉め、そして懐から一枚の紙を取り出しました。

のぞき込む一同。それはどうやら手書きの企画書のようでタイトルにこう書かれています。

「恋愛イベントのご提案」……と。

クロムは内心「まーた王の思いつきがはじまった」と苦渋の表情を見せます。さっき「もったいなきお言葉」と言っていたクロムさんは何処《どこ》かに行ってしまったみたいですね。

「ほらはじまった、体力温存していてよかった……そんな顔しているよん、クロムさん」

「ノーコメントだ」

メナに見抜かれクロムは四角い顔をいっそう強《こわ》ばらせました。それ言うなってことですね。

王様はその様子を笑って見ていました。

「ほっほっほ……そう身構えるほど何か大がかりなことをやるのではない、恋愛成就の石像の前で告白大会的な催し物を開くだけじゃて、警備に加えてイベントの司会者など用意して欲しいくらいかの」

軽く言い放つ王様ですがクロム、コリン、メナの頬に一筋の汗が流れました。

（（絶対荒れるっ！））

三人の心が一つになった瞬間でした、今なら三位一体合体系可変ロボを乗りこなせるんじゃないでしょうか。

さて、王様は血で血を洗う争いの火種を春先の農家の如く播《ま》きまくった自覚はありません。

「やばいよね、ロイド君中心に……うん、止めた方が」

メナに言われクロムは遠回しに撤回を求めます。

「王よ、何でこんな面倒――ゲフン、やっかいなイベントを！」

本音を表情から口からチョロチョロ漏らしているクロムに王様は少し恥ずかしそうにしながら、このイベントを発案した経緯を赤裸々に語ったのでした。

「娘の……マリアのためじゃよ」

「王女様ですか？　またなんで」

「聞くところによるとマリアは、ある少年に片思いをしているようでな」

少し寂《さび》しそうな父親の顔をのぞかせる王様。

その場にいる一同全員「あぁロイド君のことか」と唸りました。

「思うに、その少年と結ばれたいが為に頑《かたく》なにお城に戻ろうとしないんじゃ。政略結婚を恐れて……ワシは寂しいっ！！！」

クロムと違い、本音全開の王様にコリンは背中をさすって上げます。

「まぁでも王女様も大人なんやし……」

「その男！　本当だったら適当な理由で大砲の的にでもしてやりたいっ！」

「大人になりましょう王様、的はだめですよ、ハハハ」

ボケキャラのメナも軽く口元がひきつっています。

「しかしじゃ、噂《うわさ》によるとその少年、ワシが魔王に憑依されている時……あの建国祭で救ってくれた英雄と聞くが……クロム、間違いはないのか」

ロイドが勘違いで王様を酔っぱらいと思い、解呪のルーン文字で顔の汚れと一緒に魔王の呪縛から解き放ったのは事実です……勘違いだとしても事実です。

その事とマリア王女の想《おも》いを知っているクロムはゆっくりと頷きました。

「ええ、間違いありません」

「そうか」

腹を括《くく》ったかのような王様の表情、戦争でも決心したかのような肝《きも》の据わりようでした。

「ワシも何度か言葉を交わしたことがある、緊張しいのようだがなかなかの好青年……そうか、であれば申し分ないということじゃな」

「申し分ないとは？」

「その少年を……王族に迎え入れる資格じゃよ」

クロムはあまりの衝撃的発言に硬直してしまいました。そりゃそうでしょう、ロイドが王族なんて突拍子もなさすぎるのですから。

「まぁ、しかし……いずれそういう事になるのか……」

そこにメナが割って入ります、糸目を開いて真剣モードです。

「王様、さすがにそれは性急すぎるんじゃ、一介の士官候補生ですよ」

「じゃからお互いの気持ちを確認するための恋愛イベントじゃ、こういうのは早い方が傷は浅くてすむ」

どうやら王様は片思いが長引いて大失恋になってしまうのを恐れているみたいですね。最悪失恋してどこか旅に出てしまうかも……なんて悪い方に考えているのでしょう、年頃の娘さんを持っている父親あるあるですね。

「まぁ、そうですが……」

「これはきっかけじゃよ、ワシの権限でマリアとくっつけることも可能じゃがお互いが好いていなければあまりにも不幸になる……早い方がいい、そろそろ寂しいんじゃよ、戻ってこいマリア……」

王様の考え、そして何よりマリーとロイドの進展が望めると思い、クロムは協力する姿勢を見せました。

「分かりました、不肖《ふしよう》クロム・モリブデン。王のマリア王女に対する想いに全力で応《こた》えますとも」

「えちょ？　クロムさん⁉」

いきなりやる気のクロムに動揺するメナ。

「メナよ、何か困ることでもあるのかな？」

「あ、いや……そういうわけでは……わっかりました、手伝いますこのイベント」

渋々協力するメナの顔ををコリンが覗《のぞ》き込みます。

「どったんメナやん？　あぁ、フィロちゃんの事が気になるんかいな、あの子も彼にぞっこんやもんな」

「そ、そーなんだよ！　……でもしょうがない！　楽しい楽しい恋愛イベント頑張ろう！　うんしょうがない」

王様は「家族の問題に巻き込んですまない」と深く頭を下げました。

「いえ、王の家族、そしてマリア王女は家族も同然ですから」とクロム。

「助かるぞ、クロムよ」

「ほな、そうと決まったらぼけっとしとる暇はないで！　やること山盛りやしパパーッと決めてかんと」

そしてコリンに促されクロムとメナは退室するのでした。

彼らが去ったあと、王は寂しそうに独《ひと》り言《ご》ちていました。

「あの少年なら……マリアとバランスがとれるだろう……王族に迎え入れることもやむなしじゃ」

そして王様は、とんでもないことを口走ります。

「あの少年、ドラゴンスレイヤーことアラン・トイン・リドカインならば」

おっと、かなりやばい勘違いをしているみたいですね。

どうやら王様は憑依されたときの記憶が無く、そしてその後の軍による情報操作を信じ込み、軍のホープで噂に尾鰭《おひれ》のつきまくったアランが自分を助けた英雄だとすっかり思いこんでいるみたいでした。

王様がプロパガンダ活動に惑わされるという何とも皮肉な話。

アランとロイドを間違える、波乱の火種どころかダイナマイトが撒《ま》かれまくったこの状況、いったいどうなってしまうんでしょうか。

王様はそんなことなど露《つゆ》知らず「寂しいが我慢じゃ、アザミ王国のために」と言いながら自分を納得させているのでした。

場面は変わって先ほどの講堂。

士官候補生たちが次の議題「警備や自由時間の割り当て」について話し合っている時です。

「ぶえーっくしょい！」

アランの豪快なクシャミ、一瞬で場の注目が集まりました。

リホはニヤケながら辛辣《しんらつ》な言葉を口にします。

「どうしたアラン、バカは風邪《かぜ》引かないってのによ」

「バカじゃねえ！　引くときゃ引くわ！」

そこにフィロが気配を絶ちながらアランの背後に回り込みました。

「……きっと誰かが――」

「そ、そうだなフィロ、噂してるんだろうな――」

「……暗殺をもくろんでいる」

「怖いこと言うなよお前ぇぇぇぇ！」

「……不当に目立っていて……目の上のたんこぶだからって、くすぶっている地方貴族あたりから」

背後からこんなこと言われると若干《じゃっかん》ホラーですよね。

「ちょっと具体的かつ可能性のあること止めてくれないかな！」

そこにロイドがフォローに入ります。

「違いますよフィロさん、きっとレンゲさんですよ」

「……あぁ、アランの奥さん」

フォローかと思いきやあまり触れて欲しくない話題にアランは狼狽えてしまいました。

「ろ、ロイド殿その話は……あまり……」

レンゲ・オードック。

アスコルビン自治領、オードック一族のトップ。

アンズ率いるキョウニン一族と領主の座を争った女傑であり、その際アランに勘違いに勘違いを重ねたあげく惚《ほ》れ込んだ紅茶大好きな斧使いの女性です。

そして彼女とアランはなぜか流れで結婚式まで挙げてしまい今に至るのですが……そういえば何でアランはアザミ王国にいるんでしょうかね。

そのことについて自称恋愛マスター（失笑）のセレンがツッコんできました。

「そうですわ！　結婚式という全女性憧《あこが》れのイベントをしたのにもかかわらず！　なぜ単身こちらにいらっしゃるのですか⁉　向こうに……いえ、こちらでも一緒に住むのが男の甲斐性《かいしょう》でしょう！」

意外にもまともな意見にリホが頷きます。

「セレン嬢にしてはまっとうな意見だ、反論の余地無しだなアランさんよ」

「まぁ私とロイド様のように両思い即日結婚可能状態でも、学生という身分で恋愛を楽しみたいというエクストリーム恋愛をしているというのであれば話は別ですが」

「誉めたらこれだ、なんだエクストリーム恋愛って」

いつものセレンの妄想、全員話半分で聞いていていました。

そこに打ち合わせをしていたミコナが話に加わります。

「おおかたマリッジブルーというか、交際期間も経ずに結婚したことや、姉さん女房もあってこの期《ご》に及んでビビって「せめて卒業まで待って」とか言い訳しているんでしょうね」

「的確かつ本質を見抜かないでください先輩」

まぁいきなり結婚は男……しかも学生身分の人間にとってはプレッシャーでしょうね。

「け、結婚はしたかったんだけど……こんな形はさすがにビビるというか……じゅ、十分美人さんだけどよ、勘違いの部分もあるし、せめて等身大の俺を見て欲しいというか……」

グチグチ言うアランをスルーしながらミコナは話し込んでいる下級生に注意します。

「さぁこの話題は後にしましょう！　警備の割り当ても決まったし、次はメイド&執事喫茶の料理とか諸々決めるわよ！」

「後でするのかよ先輩！　そっとしておいてくれよ！」

ミコナは「当たり前でしょう」とアランを見やります。

「ついこの前まで彼女欲しいだの結婚したいだの言っていた男がこのザマよ、女として説教してやりたいわ。そうでしょうセレン・ヘムアエン」

「無論ですわ」

一日にして女の敵状態のアランさんは針の蓆気分でうずくまりました。

「さぁ無駄話はここまでよ、手の空いている女子はメイド服の採寸を先に済ませなさい、あぁロイド・ベラドンナも」

ミコナの言葉にロイドがおずおずと手を挙げました。

「あのー、それ僕着ないとダメなんですか」

弱気なロイドですが……彼のメイド服姿を見たい女性陣は全力でエールという名の説得を送ります。

「それはもう、一年生筆頭ですもの、やるべきですわ！」

「確実に売り上げアップにつながるんだ！　頼むぜロイド！」

「………ん！　……ん！」

「やりなさいロイド君、そして新たな道が拓《ひら》ければ良し」メガネクイー
メガネ女子先輩もいつの間にか参加、そして加勢してきました。新たな道とはいったい何の道でしょうかね。おそらくバラの茨が道一面に広がっているんでしょうが。

たじろぐロイドにミコナが追撃を開始します。

「別にイヤならいいのだけど、ただ上級生はプライドを捨てて模擬店のため扮装《ふんそう》するわ。一年生筆頭として気概がないのなら今すぐその腕章外しなさいな」

「う……が、頑張ります」

みんなの代表――そこを突かれると弱いロイドは飲み込むように承諾したのでした。

「初めてミコナ先輩が機能した気がするぜ」

「機能って何よリホ・フラビン」

リホは今なお納得のいっていないロイドの肩を組み満面の笑みでとどめの説得を始めます。

「いいかロイド、一年生筆頭のお前が行動することでみんながついてくるんだ、一年の絆《きずな》はすべてお前の女装にかかっているんだ」

「僕のメイド服姿に一年の絆が……」

とんでもないもので結ばれる絆があったもんですね。

とまぁ、もはや儲けのことしか頭にないリホは強引《ごういん》にロイドを説得してやる気を出させたのでした。

「ご安心くださいロイド殿！　不肖アラン！　ロイド殿の苦労を少しでも和らげるために引き立て役の三枚目としてメイド服を着る所存ですぞ！」

「お前は頑張んなくていい」

「女の敵の分際で……三枚に下ろしてあげましょうか」

「…………何をもって和らぐのか……意味が分かりません」

「お前ら俺に集中砲火しすぎだろう！」

いつものアランいじりをして、ケタケタ笑うリホ。

そんな彼女にミコナの魔の手が忍び寄ります。

「何を笑っているのかしらリホ・フラビン。あなたもメイド服の採寸をするのよ」

リホはあらかじめ用意していたであろう断り文句をひっさげ対応します。

「あーアタシはオーナーだし。それに見てくださいよこの義手、こんなの入るメイド服なんてないでしょ」

その言い訳を先読みしていたミコナは悪魔の微笑みです。

「安心しなさい、執事服はレンタルだけど貴方や一部の男子用のメイド服はオーダーメイドだから」

「はぁ⁉　オーダーメイドって⁉　コスト考えてくださいよ！」

リホの反論にメガネ女子先輩がメガネをクイーしながら会話に加わります。

「私の知り合いにコスプレ好きがいてね、事情を説明したらやる気に満ちあふれていたわ」

やる気に満ちあふれたメガネ女子先輩の顔を見て誰しもが思いました。「あ、これ知り合いじゃなくて自分のことだ」と。

「とーにーかーく！　巻き込んだ以上自分だけ助かるとは思わないことね、そうでしょうロイド・ベラドンナ」

「は、はい！　一年生筆頭として協力を求めます！　僕も恥ずかしいんですから……」

「こ、こら！　ロイド！　お前裏切る——ウギャ！」

狼狽える彼女にセレンの呪いのベルトによる拘束が炸裂《さくれつ》します。

「離せセレン嬢！」

「言い出しっぺが逃げようなんて甘い考えはお捨てなさいな」

「早くしなさいリホ・フラビン。このあと警備すべきイベントの把握、注意事項などの再確認よ。特に今回はプロフェン王国からお預かりした石像をしっかり守らなければならないの！」

ぎゃあぎゃあ叫びながらリホは採寸のため隣の部屋へと連れて行かれたのでした。

一段落した後、ロイドがミコナに質問します。

「ところでプロフェン王国の石像ってどんなのですか？」

ミコナはちょっと困った顔をしました。

「まったく浅学ね……と言いたいところだけど私もよく知らないのよ。古くから伝わる代物としか……でも王様が直々に頼んだみたいだから、しっかり警備しないといけないみたい」

アランもその会話に入ってきます……衣服半ぬぎでチェストを採寸しながら。

「もしかしたらその石像関係で王様が突発的なイベントを開催するかもしれないし結構忙しくなりますな……ブエーキショイ！」

いきなりまたクシャミをするアラン。

「……やっぱり暗殺者に狙《ねら》われている？」

「物騒なこと言うな！　きっと採寸している最中おなかめくっているからだ！」

冗談交じりの和気藹々《あいあい》とした会話。

しかし、本当にアランを狙う計画が、実は着々と進行しているとは、この時誰も思わなかったのでした。

さて所変わって、こちらはとある地方貴族さんのお屋敷の一室です。

豪華な執務室は分かりやすいほど高価を強調した金銀細工の調度品が並べられており、その一つ一つがあまりにも自己主張が強すぎて非常にバランスのとれていない部屋になっています。

一言で片づけるならば、下品。

私は成金ですと誇示するのが目的だというのならある意味正解とも言える、そんな部屋でした。

屋敷の三階に位置するこの部屋はバルコニーも設《しつら》えられてあります。

本来なら景色を楽しむためなんでしょうが、この下品な部屋からだと道行く行商や使用人を上から見下ろしほくそ笑むためだろうなと邪推してしまうくらいです。

その部屋のソファーに座るは、これまたギラギラとした身なりの男性。金に物を言わせたコーディネートはファッションチェックされたら即座にこき下ろされること請け合いでしょう、そんな成金を体現したかのような不惑の男性、その表情はどことなく余裕がありませんでした。

組んだ指をせわしなく動かし対面で座っている人物に鋭い視線を送り続けていました。

「…………」

睨《にら》まれているのは目深に帽子をかぶり、スカーフで口元を隠している三十代の男。

身長はやや小柄ではありますが丈夫そうな……小兵と呼ぶに相応《ふさわ》しい修羅場をくぐってきた雰囲気を醸し出しています。ちょっとのことでは動じない、肝が据わっているような男性でした。

彼はソファーの柔らかさを楽しんでいるかのようにくつろいでいます。

「そろそろ進展を聞かせてもらいたいものだがね」

貴族の問い。

「………」

対面にいる男は無言を返します。

貴族の指先はいっそう忙《せわ》しなく動きました。

「本当に大丈夫なのだろうね、リドカイン家失墜計画は……ザルコ君」

さっきよりキツい口調。

ザルコと呼ばれた男は帽子のツバの隙間《すきま》から挑戦的な目で貴族を見やります。

何も言わず、彼はこれといって特徴のない目に、ただただ挑発的な色を浮かべるだけでした。

「ザルコ君！　聞いているのかね！」

「聞いていますって。仕事人をせかしちゃダメですよ、トラマドール様」

ようやくザルコはその口を開きます。雇い主に対してとは思えないほど強く、そして何者にもなびかないような人間の口調でした。

トラマドールと呼ばれた貴族の男は嘆息混じりでザルコに問いかけます。

「もう一月以上経《た》っているんだ、途中経過ぐらいは報告する義務があるだろう？」

「仕事の仕方はあっしに任せてくれると約束したじゃないですかい。計画は順調ですよ、何をそんなに急いでいるんですか」

トラマドールは吐露するように不安を打ち明けました。

「近年のリドカイン家は地方貴族の代表とまで言われるほど躍進している、あの木こり風情がここまで力を付けるとは……」

「そりゃ今に始まった事じゃないでしょう」

トラマドールは握り拳《こぶし》を作り机を叩きます。

「さらに最近では運河や行商街道開発に携わっているヘムアエン家とも仲良くなり始めているのだ……あそこは仲違《なかたが》いをしていたので安心していたが、このままでは地方貴族トップの座、その地位を盤石の物にされてしまう」

どこか人ごとのようにザルコは呟《つぶや》きます。

「商売の方は門外漢でして良く分からんのですが、そんなことになっていたんですねぇ」

「さらにさらに！　連中どんな根回しをしたか知らんが息子をアザミ軍のホープとまで担がせて！　アランは真に受けた国民からもてはやされているのだ！　忌々《いまいま》しい！」

「実力じゃないかと思いたいもんですが、アラン・トイン・リドカインの噂は届いていますぜ。ドラゴンスレイヤーとか隕石《いんせき》に英雄召還……子供の冗談かと耳を疑ったもんでしたよ」

「恐らくアザミの軍の古典的なプロパガンダだろう……軍も露骨な持ち上げ方をする……」

目の焦点の定まらないまま指の爪《つめ》を噛《か》み続けるトラマドール。ボロッボロの爪の先が日々の苛立《いらだ》ちを物語っています。

「なるほどねぇ、だからあっしに「リドカイン家の名誉を盗め」なんておもしろい依頼をしたんですか」

腑に落ちたザルコは楽しそうにほくそ笑みました。

トラマドールは爪を噛み終えると暗い言葉を漏らします。

「本当だったら暗殺を依頼したい所なんだがね、アラン・トイン・リドカインの。リドカイン家の一人息子……そいつさえいなくなれば……くくく」

苛立っていたかと思えば一転して笑い出すトラマドール、情緒が不安定の模様です。ぞろりと言ってのける彼に対し、ザルコは組んだ足を降ろして机に身を乗り出し顔をのぞき込みました。

「そいつは御免ですね。あっしは怪盗、物は盗むが命は盗まない。特に今回は「貴族の名誉」っていう今まで盗んだことのないお宝にやりがいを感じて引き受けたんで」

楽しそうな企画を前にするテレビマンの様に、受けた依頼書を懐から取り出しては眺めているザルコ。

トラマドールは眉根を寄せながらボロボロの爪を見せます。

「怪盗の矜持《きょうじ》があるというなら……依頼人が心の安寧《あんねい》を得るためせめて計画内容、それと進捗《しんちょく》くらいは教えて欲しいのだがね。見なさいこの指先を、可哀想《かわいそう》だと思わんのか君は」

「……………辛子《からし》でも塗っときゃいいんじゃないですかい？」

「もう塗った、最初は辛かったが慣れてくると平気になってしまった」

真顔で言い放つ依頼人にザルコは哀れみの目を向けます。口元は……失笑していますね、コレ。

「へへへ、依頼人にそこまでさせたら言わないわけにはいかないか」

観念したようにザルコは頬を掻いて笑いました。凡庸な目が笑っています。

「本当は全部終わってから、最後の最後にどうやったか計画の種明かしをしてあっと驚かせたかったんですけどね」

「そんなサプライズはいらない」

睨まれたザルコは「やれやれ」と根負けした素振りを見せました。

「分かりましたよ。もうすでにアザミに潜伏して色々探ったり仕掛けたりしています」

「仕掛けとは？」

「欲しがりますねぇ…………王様の誘拐です」

「な、なぁ!!　誘拐!?　王様の!?」

その驚き顔を見たかったようでザルコは手を叩いて拍手しました。

「満点のリアクションだ、計画した甲斐があるってもんですわ」

「お、王様の誘拐とリドカイン家失墜がどう繋《つな》がるというのだね⁉」

よくぞ聞いてくれましたとザルコは楽しげにその目論見を語ります。

「栄軍祭。アザミ軍主導のお祭りでは最後に王様が軍楽隊のパレードに参加するようです。ここ数年体調不良だった王様の元気な姿を見せてアピールしたいようでして、大々的に告知しているんですよ。ご存知ですかい？」

「それは知っているが……」

「もし仮にですよ、これからジオウ帝国とドンパチやるかもって時に誘拐されたら……やっと払拭できた建国祭のイナゴのモンスター騒動の不信感がまた再燃するかもしれません。誘拐を隠蔽しようにも大々的に告知してしまったんだ、王様欠席はそれはそれで不信感が募る。軍は必死になって王様を取り戻そうとするでしょうね……よほどじゃない限りどんな要求でも飲んでくれるでしょう」

「それとアランを、どう絡めるのだ？」

ザルコは「ふふん」と笑うと足を組んで自分の考えた計画をひけらかします。まるで沢山のオーディエンスに聞かせるように、大仰に振る舞ってです。

「王様を無事に返して欲しくば「アランの士官学校退学、そして昨今の逸話が嘘《うそ》であることを王様自らの口で国民の前で発表しろ」……という交換条件を突きつけるんです」

トラマドールは「おぉ」と感嘆の声を上げました。

「なるほど！　王の命と一軍人のメンツ、天秤《てんびん》にかけるまでもない！　そして、持ち上げられれば持ち上げられた分、地に落ちたときの衝撃は計り知れない物になる、くくく……道理というやつだな」

「一生懸命持ち上げたアザミの国から三行半《みくだりはん》を突きつけられ、ダサいプロパガンダ活動もバレてしまい、リドカイン家は当面お先真っ暗……ってのがあっしの計画です」

トラマドールは立ち上がり拍手をします。

「すばらしいザルコ君、君に依頼して本当に良かった」

「ま、誉めるのは計画が上手《うま》くいってからにしてくださいよ」

謙遜《けんそん》するザルコ、しかし彼は成功を信じてもう勝ったも同然な顔でほくそ笑んでいました。

「いやいや、コレで私の立場も安泰だ、地方貴族やアザミへの影響を維持できればジオウの方々へ顔向けできる」

「ジオウ？　ジオウ帝国ですかい？」

アザミと戦争をするジオウに肩入れしているのかと聞き直すザルコ。

トラマドールはテンションが高くなったのか「内緒だぞ」と笑いながらジオウとの関係を語ります。

「我が家はジオウの方から多大な援助を受けていてな、来《きた》る戦争の折りには協力する約束になっているのだよ……これ以上影響力を下げるわけにはいかなくてな……あのショウマという男、その気になればいつでも関係も命も切れる恐ろしい底冷えするような目をしておるのな……」

思い出したのかまた爪を噛み始めるトラマドールを可哀想な者を見るように哀れむザルコはさっさとこの場から去ろうとします。

「ほどほどにしてくださいよ……で、もう行っていいですかね」

「あぁ、期待しているよ！」

爪を噛んだり上機嫌になったり忙しい彼に見送られ、ザルコは趣味の悪い部屋を後にしました。

「さてさて、恨みはないけど人生棒に振ってもらうぜアラン君」

ザルコは老け顔大男の写真を確認し、懐にねじ込むとアザミ王国へ足を向けたのでした。

さて、時同じくしてマリーの雑貨屋。

おいしそうな夕餉《ゆうげ》の香りに包まれたダイニングで家主のマリーがせっせと手紙を書いていました。

――ヒョコ

その横から子供のように顔を出し覗き見をするのはコンロン村の村長でロリババアのアルカです。

「何を書いておるんじゃ？　遺言か？　借用書か？　それとも始末書かえ？」

「そんなの書くわけないでしょう！」

「本命は遺言で大穴は借用書なんじゃが……」

「とんでもないもの本命にするな！　そんなのとはこの先無縁の人生を送る予定です！」

「え？　遺言や借用書はまだしも始末書は若い頃は年二のペースで書くもんじゃろ。ワシは今でもピリドに怒られて書いておるぞい」

　ボケ無しのガチトーンで始末書を書いていると告白されたマリーは呆れてこめかみを押さえます。

「村長としてどうなんですかソレ？　若い頃っていつの話ですか？」

「クールビューテーな時代もあったんじゃ。で、マジでなんの手紙じゃ？」

　うっとうしい子供をあしらうようにマリーは書いている手紙を見せます。

「へいへい……関係各所にお手紙を書いているんですよ。アスコルビン自治領やロクジョウ王国、様々な所に今度の栄軍祭の招待状をね」

「へー」

「聞いておいて興味を持たないんですか！」

　アルカは「なんじゃつまらん」とイスに座りロイドの夕飯待機モードへと移行したのでした。うるさいくらい聞いた割には一瞬で興味を失う……完全に三歳児のムーブです。

「軍主導のお祭りですから、一応王女としての仕事をしているんですよ」

そう、このいかにも魔女な風貌《ふうぼう》の彼女マリーが先述のマリア王女なのです。国家転覆の件も片づき、安心してお城に戻れるはずですがロイドと一緒にいたいのと政略結婚させられたくないためここに居座っているのでした。結局ロイドが好きなだけかというのは野暮《やぼ》ですね。

「ほう、ご公務ってやつかの。もしやお城に戻る気では……」

マリーは「ないない」と言いながらも困った顔をしました。

「本調子でない父のため、こうやって少しでもお手伝いして負担を減らしたいだけです。戻る気はまだないですよ」

「ワシとしてはとっととお城に戻ってロイドを村に返して欲しいのだがのぉ。士官学校へはコンロン村からでも十分通えるし、力を取り戻したワシの瞬間移動でお出迎えすれば万事オッケーじゃ」

「絶対戻りません！」

マリーの頑なな否定にイラッときたのか、アルカは素早く小さな呪いの降りかかるルーン文字を展開しました。

「ほれ、呪いのルーン文字っと」

「ちょっといきなり変な呪いを私に施さないでくださ――うぎゃあ！　足がつったぁ！」

「どうじゃ、力を取り戻したワシの「絶妙のタイミングで足がつってしまう」ルーン文字は？

いきなり足つって周囲の人間から「運動不足ですよ」とか「ちゃんと水分とって」と窘《たしな》められるがよい！」

「なんつー呪いを！　――ってうぎゃーす！」

抗議のために立ち上がったマリー、可哀想なことに反対側の足もつってしまい顔面から机に突っ伏してしまいます……インク瓶《びん》を巻き添えにして。

「ぎゃー！　インクが！」

イカに墨を吐かれたように顔を真っ黒にするマリー。そして流れで手にした書きかけの手紙でゴシゴシと顔を拭《ふ》いてしまいました。

「あ……やりなおしだぁ……うげぇ」とげんなりするマリーさん。一度書いた書類をもう一度書き直す事ほどダルイものはないですよね、本当に重要な書類は二重線に訂正印すらアウトですから。

「やれやれ、おっちょこちょいさんじゃのぉ。いつからそんなあざといキャラに鞍替えしたんじゃ」

「何があざといですか！　あんたのせいでしょ！」

「えー？　アルカ知らなーい」

「いきなりあざとくなるな！　中身百歳越えているくせに！」

そこに騒ぎを聞きつけたロイドが台所から小走りでやってきました。

「あ、マリーさん……まったくもう」

顔を見てインクをこぼしたと察したロイドはお母さんのように洗った台ふきんで顔を拭いてあげました。

「慌《あわ》てちゃったんですか？　もう……」

「ゴメンねロイド君……ってフンガ！　ちょ、鼻の穴は優しくして！　あと足が痛いから立たせないで！」

「おとなしくしてください、子供じゃないんだから……足つったんですか⁉　普段運動しないからもう……」

「違う～違うの～ロリババアのせいなのぉ」

「そうじゃぞ～子供じゃないんだから～。ロイド～ごはんくれ～」

ホント、どっちが子供でしょうかね。

ひとしきりマリーの顔を綺麗にしたロイドは台所に戻るとお夕飯を運んできました。

献立内容はオムライスにフライドポテトといった料理。それを見てアルカが珍しいと唸りました。

「ほほう、今日はいつもと違ってカジュアルな夕飯じゃの」

「ええ、栄軍祭で喫茶店みたいな模擬店を出すので」

そう、ロイドが今日作ったのはメイド喫茶の定番料理、その練習がてらマリーに試食して欲しかった模様です。

「ほっほー、これはうまそうじゃな。ではいっただっき――」

「あ、ちょっと待ってください、今度の模擬店では一工夫が必要みたいなんです」

そう言ってロイドは自作のケチャップをスプーンですくい、器用に文字を書こうとします。

「何か文字のご要望はございますか？」

「……ろ、ロイドや、これって」

「特になければ「アルカ村長へ」って無難に書きますね……はいどうぞ」

できあがったポップな字体と完成度高いオムライスを見てマリーとアルカは押し黙ってしまいました。それもそうでしょう、だって――

「どう見ても……」ヒソヒソ

「メイド喫茶じゃのぉ……」ヒソヒソ

そうです、どこをどう見てもメイド喫茶の定番料理オムライスなのですから、しかもケチャップで文字まで書いて言い逃れはできない代物だったのです。

「もしかしてロイド君がメイドに――」ヒソヒソ

「バカを申すな！　めっちゃ見たいけど！　めっちゃ見たいけど！」ヒソヒソ

「二回も言わないでください……でも気持ちは分かります……」ヒソヒソ

「仮にも軍のお祭りじゃろ？　メイド喫茶なんて許可するかのう」ヒソヒソ

「正直クロムが許可するとは思えません、きっとただの奇抜な喫茶店ですよ」ヒソヒソ
「危なかった……先走って「メイド喫茶？　ロイドのメイド服姿見たーい、そしてスカートめくりたーい」なんて言いそうになったわい」ヒソヒソ
さて、ヒソヒソ話す二人をロイドは不安になったのか強ばった顔をします。

「あのーどうしたんですか二人とも、僕のオムライスなんか変ですか？」

「いやいやなんでもないぞい！」

「そうよ！　なんでもないわ！」

さすがにメイド喫茶なんて、ましてやロイドがメイド服姿でおもてなしをするなんて思いも寄らない二人はその邪念を悟られることの無いようわざとらしく「「おいしそー」」と喜びながら食べ出したのでした。

実際おいしかったのか、ものの数分でぺろりと平らげた二人はお茶を飲みながらくつろぎます。

「まぁロイドの模擬店があるのなら畑仕事をさぼって向かおうかの、栄軍祭。力が復活した今のワシなら瞬間移動なぞちょちょいのちょいじゃて」

「ホントにもう、力が戻ったとたん自由奔放《ほんぽう》っぷりに磨きがかかっちゃって」

「おぉ、ヴリトラの代わりにコンロンの守護獣になってくれたサタンのおかげじゃのう」

サタン。夜の魔王と呼ばれ一度ユーグに捕らわれたが過去の記憶を取り戻しアルカと協力す

る事になった人外の一人です。本名は瀬田鳴彦、研究所ではアルカの一個上の先輩のいじられキャラだった男です。

洗い物をしていたロイドは「サタン」と聞いて台所から顔を出します。

「サタンさんはお元気ですか？」

「おぉ、元気じゃ。すぐ村に慣れおったわい、相変わらず女の子は苦手のようじゃがの」

「そうですか、是非ともサタンさんに栄軍祭来てもらえるか聞いてくださいね」

ロイドはそれだけ言うとまた台所に戻ります。

「ずいぶん懐《なつ》いたみたいですね、まぁ自信をつけてくれた師匠分ですから」

「聞いたぞい、魔王と知らずロイドは弟子入りし、サタンもロイドが自分の配下になりたいと勘違いして稽古をつけたようじゃの……その結果大昔の記憶が戻った、なんとも数奇な運命じゃな」

「記憶ですか？　それは一体……」

アルカはお茶を一服すると「ほう……」とため息をつきます。色々な出来事を思い返しているのでしょう、遠くを老成したような瞳《ひとみ》で見つめていました。さっきスカートめくりたい云々の人間とは思えない表情です。

「ま、機会があったらおいおい話すわい。ところでヴリトラとスルトの様子はどうじゃ？」

「あぁセレンちゃんの呪いのベルトに憑依している蛇とアラン君の斧に憑依している亀さんで

すか？　元気ですよ、たまにスルトさんがナンパしてはヴリトラさんがそれを咎《とが》めたり……上司と部下のような間柄ですね」

「ま、実際上司と部下じゃからのぉ……せめて瀬田のように人間のようなフォルムに戻してやりたいものじゃ。コーディリア所長がおればこの世界もユーグの件も諸々進展しそうなのじゃが……どこにおるのやら……いつか国の力を借りる必要があるかもしれんな」

「師匠？　どうしましたか？」

「お、おぉすまん。魔王スルトが暴走しとらんで何よりじゃわい……あと他に変わったことはあるかの？」

「んーそういえば……このまえアスコルビン自治領の祠《ほこら》の帰り道、ロイド君が何か言っていましたね」

「ほうほう、ロイドがかえ？　ワシへの愛を独《ひと》り言《ごと》で綴《つづ》っていたとか！　いやー無意識に出てしまうものじゃなぁ、愛という形のないものは！」

「師匠、最近セレンちゃんに似てきていませんか？」

「心外じゃ……どっちかというとワシの方が先なのに」

同類ということは否定しないのですね。

「話を戻しますよ、その何かっていうのがトイレで変な女の人に会ったんですって」

「なんと痴女とな⁉　なんという事じゃ！　人の着替えや用を足しているところを覗くなん

ぞ……火炙《ひあぶ》りにしてやりたいわい」

「じゃあいま油持ってきますんで自分の頭にエイシャオラーとぶっかけてから火をつけてください」

「………火炙りはやめてやろう、デコピンくらいにしてやるかの」

ガッツリブーメランになるのを回避したアルカは露骨に罪を軽くするのでした。

そしてまさかその痴女が今ユーグもアルカも探しているリーン・コーディリア所長だとは気が付いていないみたいですね。ていうか痴女でなくたまたまロイドに自分の部屋のトイレを貸しただけなのですから。

「後で聞いたんですけど霊峰の祠にトイレなんかないそうで……でもロイド君は見かけたーって言ってて」

「なにそれ怖」

妖怪に片足突っ込んでいるロリババアが何をほざくかという目つきのマリー。

怪談話は好かんとアルカは気を取り直して今度は栄軍祭について尋ねます。

「ところで栄軍祭はどんな催し物があるのかの？　面白《おもしろ》いイベントがあるといいんじゃが」

「そうですね、軍人による模擬店や軍楽隊のパレード、大砲や兵器に触れることのできるコーナーに軍の馬車に乗れたり鉄道の新型車両も展示されたりするみたいですよ」

「ほうほう」

「それにプロフェン王国から貸し出された石像の展示、あとは王様のマル秘イベントがあるそうで」

「王様のマル秘イベント？　娘のお主は何か耳にしておらんのか」

「ばっちり耳に入ってきましたよ……父……王様はどうも恋愛がらみのイベントをやるのではと」

「ほっほー、これを機に政略結婚させられるんじゃないかの」

「それは無いです、念のためクロムの胸ぐらを掴みながら念入りに問いただしましたが」

鬼の形相でクロムの胸元《むなもと》を掴むマリーの絵が容易に想像できてアルカはここにいない四角い顔の男を哀れみました。

「あやつも難儀じゃのう……あと石像とはなんじゃらほい、歴史ある代物なのか」

「どうもプロフェン王国で数年に一度しか一般公開されない石像だそうで、知る人ぞ知る国宝だそうです。正式名称は「アキヅキの石像」と呼ばれているらしく聞いた話では前衛的で深い愛を現した石像だと」

「アキヅキの石像じゃと！」

「ええ、恋愛成就の石像で一般には「愛の石像」と呼ばれ――」

そこでマリーは何かに気がついたのか考え込みました。

「そういえばクロムは「絶対マリア王女とロイド君の為になりますから」なんて言っていたわ

ね、父が考えたイベント、ロイド君……恋愛成就……まさか」

マリーの脳内では「父親がロイド君との仲を後押しするために考えた企画」ではと考えるに至りました。

一緒に住んでいるのに一線どころか二線、三線も越えられない関係を打破できるまたとないチャンス……とマリーは皮算用を始めました。

「やるじゃん父さん……アリね、へっへっへ……うぇっへっへっへ……おっと」

マリーはだらしなさここに極まれりな顔をすぐさま引き締めます。

そうです、すぐ隣にはロイドの恋愛警察……いえ、恋愛憲兵といっても過言ではないアルカが存在しているのです。警察の目の前でスピード違反するような己の行為を咎めます。

下手に勘ぐられないように細心の注意を払いながらマリーはアルカの様子をうかがいました。

そんなアルカはアゴに手を当てなにやら考え込んでいました。

「な、なんですかししょー、急に黙り込んじゃって」

「プロフェン、アキヅキの石像……もしや」

アルカはマリーの事など忘れてしまったかのように独り言を続けます。

「もしやワシの黒歴史……確かめねば、最悪回収……破壊せねば」

「ちょ、ちょっと師匠！　なんですか破壊って！　不穏なこと言わないでください！」

「どわぁ！　なんじゃマリーちゃん！　脅《おど》かしおって」

「脅かしたのはそっちですよ！　破壊とか小声で言われたらビビるに決まっているじゃないですか！　一体どうしたんですか」

「ええい！　なんでもないぞ！　そこまで疑うデリカシーのないマリーちゃんには追加でちょっと不幸になるルーン文字をお見舞いじゃ！」

「いきなり疑《うたぐ》るとかなんですか！　ってイヤぁ！　せっかく書いた手紙にインクが……ぎゃあ！　また顔にもかかった！」

不幸のルーン文字をお見舞いされたマリーは立て続けにせっかく書いた手紙と自身の顔に万年筆の先端から盛大にインクを噴射させたもようです、完全にイカに墨を吐かれた人の様相でした。

その惨状を洗い物を終えたロイドが目撃してしまいます。

「どうしたんですかマリーさん……って、まったくもう、またですか！」

洗い物を終えたらまた洗い物増やして……と心境は完全にお母さんモードのロイドは台ふきんを堅く絞ってマリーの顔を拭《ぬぐ》います。

「ありがとロイド君……って鼻の穴は自分でやるから！　フンガ！　フンゴ！」

豚鼻で抗議するマリーを見てアルカは戦慄《せんりつ》します。

「力が戻ってから久々使った呪いのルーンじゃったからかの、なかなかエグイ不幸が降りかかっておるわい」

好きな人に鼻の穴さらして豚鼻……一部の方にはご褒美かもしれませんがマリーもロイドもそんな性癖は持ち合わせておりません。

「まぁええわい、とにかく回収回収」

「このロリババア！　とんでもないことを――」

「ダメですマリーさん！　動かないでって言ったでしょ！　また足つっちゃいますよ！」

「フンゴー！！！！！！」

「やれやれ、ジオウ帝国が、ユーグといつ戦争するか分からんというのにのんきなもんじゃな、それがいいのじゃが」

アルカは豚鼻さらすマリーに苦笑しながらクローゼットの中に消えていきました。

そのジオウ帝国の王城の一室。

ユーグに乗っ取られたジオウ帝国は着実に戦力を整え、側近国民その他諸々をゆっくりと洗脳し戦争に備えていました。

あくまでも世界を発展させるため全人類の敵でありたいだけなので国を捨て逃げる家臣や国民は放置、国は荒れに荒れていました。

ユーグはソファーに横たわりながらのんびり新聞を読んでいます。無骨なヘルメットを外し青い髪をまき散らしながら白衣を羽織ったまま寝っ転がっている……ワーカホリックな研究員

ドワーフを束《たば》ねし魔王、救世の巫女《みこ》の懐刀なんて呼ばれてますが、実に人間くさい少女でした。

彼女は自国の新聞だけでなくアザミやロクジョウといった他国の新聞も読みあさってるようで、読み終わった新聞がソファーの下に散乱しています。誰か踏んづけたら滑って転んじゃいますよ。

「日に日に王政批判が増しているなぁ、こっちの新聞じゃ堂々と亡命宣言までしているぜ……いいね、分かりやすいくらい悪役じゃないか」

ユーグは飽きたのか新聞をほっぽりなげると背伸びをします。小さな体からコキコキと音が鳴りました。

「ジオウが悪党であればあるほど、ボクの配る未知の兵器を躊躇《ためら》うことなく使ってくれる。そして帝国が滅んだら次は近隣諸国で潰《つぶ》しあいだ……それを百年余りほっとけば西暦二千年台くらいの科学力にはなってくれるだろうよ」

ゆくゆくは科学と魔術のハイブリッドな進化が次々と……なんて夢を見ている彼女の目を覚ますかのように大きな音を立てて一人の色黒の青年が登場しました。

「見てくれよソウの旦那！　熱いぜこれは……っていないのか」

「うっさいなぁ……どうしたショウマ」

ユーグはソファーから起きあがることなくショウマと呼ばれた青年に半眼を向け続けていました。

コンロンの村人であるショウマ。ロイドを溺愛《できあい》しており彼に世界を救わせ英雄に仕立て上げるべくジオウ帝国の悪役化に手を貸している自由奔放な青年です。

ショウマはユーグに向かってなにやら多色刷りの冊子を自慢げに見せ満面の笑みを浮かべます。

「見てくれよユーグ博士！　アザミ王国栄軍祭のパンフレット！　今度あるんだってさ！　一緒に行く？」

「行くかバカ！　敵国だぞ、戦争の相手だぞ！」

ユーグの意見など馬耳東風、聞く耳持たずショウマはまくし立てます。

「今年はいっぱいイベントあるし、何よりロイドが士官候補生になって初めての栄軍祭だ！　どんな模擬店やるのか楽しみだっ！　あぁ楽しみすぎて熱い！」

ロイドの頑張る姿を想像し、トリップ寸前のショウマにユーグは呆れっぱなしです。

「結局それかよ……ていうか地方貴族の件は大丈夫なのか？　例のアランの家に押されて影響力を失いつつあるそうじゃないか、そいつを通じてアザミやロクジョウに兵器を配る算段なんだぞ」

思い出した懸念材料を問いつめる彼女にショウマは笑顔のまま頭を掻きました。

「いやぁ正直よろしくないなぁ、トラマドールさん本人は大丈夫って言ってるけど……テコ入れしてもダメなら最悪切るしかないね、トレントを寄生させるか死霊術でゾンビにするか考え中だね」

「まったく、切るなら早めにしてね。別の流通ルートを確保しなきゃならないからさ」

恐ろしいことを平然と会話している二人。そこに別の人物が部屋に入ってきました。

「ずいぶんと騒がしいな」

ショウマとは対照的に、ゆっくりと落ち着き払って部屋に現れたのは初老の男性でした。不思議な雰囲気の持ち主で、見る角度によっては貴族にも、商人にも見えます。

おそらく軍服を着ていたら叩き上げの軍人、ツナギを着ていたら何かの職人……見る者の心理によって何者にでもなれそうな、そんな不思議な男でした。

怪人ソウ。ルーン文字で作られ英雄として世に生まれた彼はその役目を終えても消えることなく、この世をさまよい続ける存在。

その特性を生かし彼は今ジオウの王様として疑われることなく日々過ごしています。ただ王冠を頭にかぶり王座に座るだけですべての人間はジオウの王様だと疑うことも無いのですから。

「あはは、その言いぶり、すっごい王様っぽいねソウの旦那」

「今は一応王様だからな。しかし、王とは存外楽しくないものだな……うるさい外野の罵詈雑言を聞くだけの仕事は接客業に近いものがあるぞ」

「戦争を焚きつけるのは楽しかったんだけどなぁ。ユーグ博士の兵器が完成すれば楽しい戦争タイムに突入できるんだけどね」

ショウマの言葉にユーグは不機嫌にむっとします。

「悪かったね、その兵器の進捗が遅れてしまってさ」

ソウはユーグの前に立つと小さく頭を下げました。

「頼むぞ、戦争でロイド君を真の英雄にして私という不安定な存在をこの世から消してくれ」

ロイドという単語を聞いてさらにユーグは顔を膨らませます。

「そのロイド君に作り途中の兵器を壊されたんだよバカヤロウ」

「さすがロイドだねっ！」

「ホントにねコンチクショウ」

毎回毎回いいタイミングで、しかも無自覚に邪魔されているユーグは思い出すだけでイライラするようで……もう顔面が膨れっ面でパンパンになっていました。

顔面ハコフグ状態のユーグを気にもとめずショウマはハンディカメラを手に取りいじり始めました。

「しかし残念だな～カメラ回しておけば「英雄ロイドはいち早く危機を察知し悪の博士ユーグの野望を潰していた」ってプロパガンダ映画のワンシーンにできたのにさぁ」

「残念に思うのは兵器の方にしてくれないかなぁ、戦争が起こせなきゃ元も子もないだろうに」

「ジオウの王様として戦争の準備はしておく、世界を混乱に陥《おとしい》れる兵器の制作を頼むぞユーグ」

「ったく」

言われなくてもやるよ、とユーグは呆れた顔をしております。

「そしてショウマよ、やけに騒いでいたが一体何が起きたというのだ？」

ルーン文字人間として不安定な彼ですが王様として過ごした時間が長かったからでしょうか、上に立つ人間としての振る舞いが端々から漂ってきます。

「役に入り込んでいるね、ソウの旦那。そんな旦那に見て欲しいものがあるんだよ」

ショウマは手にしたパンフレットをそっと彼の前に差し出しました。

「ほう、栄軍祭？　これがどうしたのだ」

「軍主導のお祭りさ、つまり——」

刹那《せつな》、ソウの表情が弾けます。

「ロイド君が市民に愛されている姿をカメラに収める絶好の機会ということだな！」

ソウの毅然とした王の態度は一転、孫の晴れ舞台を見に行きたいおじいちゃんオーラ全開になりました。寝転がっていたユーグは芸人張りのリアクションでソファーからずり落ちます。

「理解力あるねソウの旦那！　さすが熱いね！」

「理解力あり過ぎるだろうバカ！　薄ら寒いわお前らのロイド君推し！」

そんなユーグの嘆きなど聞こえないのか、ソウは満面の笑みで身支度を始めます。推しアイドルのコンサートに行くオタクが如くソワソワわくわくです。

「いやぁ、嬉しいねぇ。私がこの世から消える可能性が着実に増えていってるよ」

その独り言、極めて物騒ですね。

そして漂っていた威厳をどっかすっ飛ばしながらソウは半身を起こしたユーグに王冠を渡します。

「と、いうわけでロイド君の勇姿をカメラに納めねばならなくなった。ユーグ、後は頼む」

「はぁ？　頼むってなんだよ！　ボクは兵器開発とか……ていうかさっきのジオウの王様として準備しておくってスゴい頼れる一言はどうした」

「忘れた、正確にはロイド君を見に行きたい欲求の方が勝って私の記憶から抜け落ちた」

「はっきり言えば許されると思ってるの⁉」

明朗快活&子供のような素直な回答にユーグはもう半泣きでした。

ショウマも、もう行く準備万端のようで長旅可能な完全装備でドアの前に立っていました。

「行くよね旦那、って聞くまでもないか」

「ああ、王様なんてやっている場合ではない。イスに座って頷くだけだからな」

世界中の王様に謝るべき発言ですね。

迷うことなく出発しようとするソウとショウマをユーグは立ち上がって呼び止めようとします。

「やってる場合だろ！　今一番大事な時期！　待てって……どわぁ！」

瞬間、足下にばらまいた新聞紙で滑って転んでしまいました。みなさんも雑誌とかクリアファイルとか足下に置きっぱなしにするのは危険ですので止めましょうね。

新聞紙を宙にまき散らしすってんころりんしたユーグ。

ソウとショウマは助けることなくにこやかに手を振ってました。

「では、頼むぞユーグ」

「新しい魔王の調整、こっちでやっとくから安心してね」

去りゆくポンコツ二人の背中を涙目で見送るユーグは床に向かって小さく嘆きました。

「どうしてボクの周りは優秀なのにバカで分からずやが多いんだよぉ……」

ソウとショウマ、そしてこの場にいないアルカに向かってユーグはぼやくのでした。


ジオウでのコントじみたやりとりから数日後。

栄軍祭の準備は着々と進んでいました。軍楽隊の練習に励む音や装飾を作るカンカンという木槌の音。ロイド様ぁぁぁ！　というセレンの絶叫……これは栄軍祭関係ないですね。

準備の期間というものは案外楽しいものでして……あっという間に前日になってしまいます。

国民の皆様を迎え入れるアーチも完成し恋愛イベント用の設備も完了、そして台座に件《くだん》の石像を設置するだけ……そんな夜更けでした。

イベントの主役でもある石像が保管されているアザミの宝物庫。

様々な国外秘資料や他国からの贈答品、マリーが子供の頃に父親に送った手紙など……若干私的な物もありますがとても大事な物がそこにいくつも並んでいました。

その中央には、なにやら人間大の大きさの物が大仰に布を巻かれて置いてあり……これが恋愛成就の石像のようです。プロフェンから借りたものなので細部が折れたりしないように緩衝材と一緒にくるまれているみたいですね。

そんな場所に、唐草《からくさ》模様の風呂敷《ふろしき》と群青色のほっかむりといった古典的な泥棒スタイルの小さな少女が入ってきました。

シュタッ！　シュタタッ！　と軽快に忍び込んできたのはアルカです。

彼女は人外の力を遺憾なく発揮し、警備の人間の目にも留まらぬスピードとルーン文字による一時的な透明化とすり抜け技術で難なく侵入できたようですね。

「ほいほいほいっと。この程度お茶のこさいさいじゃわい」

さらっと犯罪的な台詞《せりふ》を口にしながら彼女はお目当ての石像の元へとたどり着いたのでした。

そして、愛の石像を見上げるとアルカはどこか懐かしむような目をします。

「ぬぅ、この大きさ……見覚えあるわい。ではではご対面といこうかの」

アルカはプレゼントの袋を開ける子供のように豪快に布をひん剝《む》いたのでした。

ボトボト落ちる緩衝材、バサリと落ちる厚手の布。

瞬く間に愛の石像はその全貌《ぜんぼう》を露《あら》わにしました。

人と蛇が絡み合い笑顔を見せているような独特な世界観、底知れぬ威圧感、かろうじてハートの形と分かる何かが所々散りばめられていますが……ハートというよりかは心臓を生け贄にしているような猟奇的な意図も見え隠れします。

アルカはその石像を眺め座り込むと、しみじみとした独り言を口にしながら感傷に浸っていました。片手に杯が似合いそうな、そんな雰囲気です。

「あの頃のワシはアホじゃったのう。美術下手くそのくせに思い出の石像なんか作って」

そして石像に近づいて懐かしそうに撫《な》でました。

「この蛇がヴリトラじゃな。奴《やつ》が大きすぎて寸法が変になってこんな置き場に困る微妙な大きさになってしもうたわい、ヴリトラめ」

他人のせいにしながら毒づくアルカは続いて別の箇所を撫でます。

「何事も程々が一番じゃ。おっとこれがワシじゃな昔のスレンダーな姿を表現しようとして十頭身になってしまいモンスターみたいになっておるのぉ……」

眉根を寄せながら奇怪な人型を見やった次に変な帽子を被《かぶ》った土偶のような人形を見て思わず吹き出します。

「くふっ、これはユーグじゃな、この頃はまだカワイイもんじゃったわい……いつからあんなに歪《いびつ》になったのか……そして……」

アルカは最後の人の形をした塊を見て嘆息しました。

「はぁ……ソウの奴は不安定になる前はまだ若々しかったのう」

散りばめられた何とも形容し難いハートの模様をなぞりながらもう一度嘆息しました。

「……いずれ消えゆく奴のため、ルーン文字で作ったワシの親心。あやつを我が子同然に扱ったせいで……最後の最後、自らの手で消すタイミングを逃してしまい死ぬに死ねない存在になってしまった、世界中の記憶の片隅に残った英雄ソウの存在はもうワシの力で消すことはできん……」

後悔や色々な想いがアルカの心に流れ込んできました。

「ま、そもそもこんな下手くそな石像誰にも見られたくないしのぉ。さぁ回収回収……おや？」

石像を背負い瞬間移動で帰ろうとした時、部屋の一角にひっそりと置かれている青白く光る宝剣――ナンテン村の遺跡から抜けた聖剣がアルカの視界に入ってきました。

「聖剣か」

アルカは懐かしむような顔を見せ、聖剣に近づき戯れのように触ろうとします。

しかしアルカの手はまるで幻のように聖剣をすり抜けてしまいました。

「やはり触れられぬか……もどかしいが逆にユーグらの手に渡ることは無い……安心ではある

が……」

アルカは嘆息すると頭を掻きました。

「いったいどんなシステムなんじゃか。コーディリア所長に会えたら聞いてみるかの……本当にこの世界で生きているかも分からんがな」

アルカは石像を包むと水晶による瞬間移動で颯爽と帰って行ったのでした。

そして迎えた栄軍祭当日の早朝。

雲一つない朝焼けの空が一面に広がっています。まさに快晴、お祭り日和《びより》という奴ですね。

その青空の下、まだ日が顔を出しきっていないのにもかかわらず、軍人たちはせっせと設営や最終確認に勤しんでいました。

軍楽隊の管楽器の音も時折聞こえセッティングやチューニングを行っているみたいです。開会式からパレードまで出ずっぱりの彼らはやる気と緊張に満ちあふれた顔つきです。

普段お目にかかれない来賓送迎用の豪華な馬車が往来を闊歩《かっぽ》しています。パレード用もしくは展示用といったところでしょうか。

その珍しい光景をロイドは窓から子供のように眺めています。

「なんかスゴいなぁ……あ、あそこに石像が置かれるのかな？　あっちは……大砲だ。そっか軍のお祭りだから空砲とかで使うのかな？」

そんな彼にリホが後ろから近づいてきます。

何かのオーナーのような堂々とした立ち振る舞いで窓の外を眺めている彼の肩を叩きます。

「さ、時間は足りないくらいだぜロイド。仕込みに飾りに——」

「ごめんなさいリホさん、物珍しくてつい……」

素直に謝るロイドと一緒にリホは外の景色を眺めます。

「分かるぜぇ。おーあの馬車すげーいい馬使ってるじゃん。葦毛《あしげ》であの馬体なら競馬場で絶対映えるぜ」

普段と違う士官学校内の空気をリホも楽しそうに感じている模様です。

「なかなか盛り上がる雰囲気じゃねーの……こりゃ良い金儲けができそうだ」

あ、結局そこに行き着くんですね。

「そこ！　さぼっていないで手伝いなさい！」

二人を叱責するのはミコナです。レース地のメイド服に身を包み忙《せわ》しなく指示を出したり仕事をしたりする様はどこぞのお屋敷のメイド長といっても過言ではありませんでした。

「めちゃくちゃ似合ってるなぁミコナ先輩」

バストの部分に苦労したと語るは趣味コスプレのメガネ女子上級生の弁です。

「わぁ綺麗ですねミコナ先輩」

ロイドの素直な感想。

しかしミコナは喜ぶ素振りなど一切《いっさい》見せず、むしろ眉根を寄せて対抗意識を露わにしています。ブレないですねこの人は。

「そうやって私を懐柔しようったって、対決の手は抜かないわよロイド・ベラドンナ」

「ええ？　対決って？　一緒の模擬店ですよ」

「ふふん、私たち上級生の評価や指名数……一緒の模擬店だからって言い訳無用！　勝負は常に転がっている物なのよ」

なんでも勝ち負けをつけたがるミコナは指をピーンと伸ばしながら宣戦布告します。

「へぇへぇ、それは楽しみですね。お客さんが喜んでお金をじゃぶじゃぶ使ってくれるならアタシは何でもウェルカムですぜ」

もみ手をしながら歓迎の意を表すリホ。それはそれは悪代官に媚びを売る越後屋が如く低姿勢でした。

そこに華やかな色香を携え、メイドの姿をしたセレンとフィロが現れます。

「どうですかロイド様ぁ！」

「………スースーして恥ずかしい」

まずセレン。「素材の味を生かし中身さえ出さなければトップをねらえる逸材」と評するはメガネ女子上級生の弁です。正直なんのトップかは皆目見当つきませんが。

そしてフィロ。「鍛え抜かれた脚線美を強調しすべての人間の視線を釘付けにする事を意識した」とはメガネ以下略。

「二人とも綺麗ですよ！」

ここでも素直な感想を言うロイド。

「……どっちの方が、綺麗？」

っと、最近積極的になったフィロがなかなか突っ込んだ質問を繰り出します。

「え、えっと」

言葉に詰まり困惑するロイド。

そこにミコナが割って入ります。

「なにグズグズしているのロイド・ベラドンナ！　あなたも着替えなさい！」

「え、えっと……あ、はい！」

期せずして助け船を出す形になったミコナに対しフィロがむくれた顔でアピールします。

「…………」

「なによフィロ・キノン」

「…………別に」

その様子をリホが笑いながら見ています。

「初期と比べたらずいぶん表情豊かになったんじゃねーのフィロの奴」

まるで妹の成長を喜ぶ姉の心境のようですね。

「なに笑っているのリホ・フラビン。あなたも着替えに行きなさい」

「あ、アタシもですか⁉　やっぱアタシはオーナーポジションとして……」

「今の時代オーナーも人足になることだってあるのよ！　当たり前でしょう！　ほら早く！

他の男子だって着替えているのよ！」

ミコナが指さした先にはすでにメイド服に着替えた男子たちがいました。

「「「…………」」」

そこはまさしく死屍累々といった有様。男子のテンションはストップ安まで下がりまくり死んだ目をしていました。初めて女装した男あるあるですが「俺、もっとイケると思っていた」と幻想を物の見事に打ち砕かれたダメージは計り知れない……だそうです。

「おっふ……」

アランに至っては全身ただの嫌がらせの塊と化しています。視覚の暴力、まさに歩く目潰し。

「あいつは絶対キッチンに封印だな、フロアに、いや、人前に出しちゃいけない代物だぜ」

モンスターを目の前にしてマジトーンでつぶやいてしまうリホさんでした。

「隙あり」メガネクイー
その動揺の隙をつかれメガネ女子上級生がリホの腕を摑んで更衣室に強引に引っ張っていきます。

「ちょ、ちょ！」

「大丈夫、ちゃんとあなた用にカスタマイズしたメイド服だから、腕が鳴ったわ。ロイド君は奥の奥の部屋で着替えてね、男女関係なく覗き防止しないと。さぁリホちゃんはあっちの部屋でメイド姿になりましょう！」

「イヤだって！　絶対似合わないっての！」

「安心しろ女傭兵、きっと俺よりかはマシだ」

「ボーダーライン余裕で下回って地面にめり込んでるお前にフォローされても心の救いにはならねぇよ！」

死んだ目をするアランのフォローとも言えない何かにリホは文句垂れ流しです。

リホは隣の部屋そしてロイドは様々な配慮（主にセレン）をされかなり奥の部屋に促されました。

そして約十五分ほど、なれない衣装だからでしょう、相当時間がかかりってリホが出てきます。

「ウィークポイントとされていた義手をあえて強調することで唯一無二のスタンダードを提供」

「なんすか先輩ぃ……スタンダードって」

「ポテンシャルは無限大」メガネクィー

「あんたそのキャラ何なんだ……」

心なしかツッコミにキレのないリホは顔を赤らめておりました。普段ヒラヒラしたスカート

を穿《は》かないからでしょう、常に内股です。

「あぁクソ、なんだこの足のもどかしい感じは」

「分かるぜ女傭兵、スースーするよな」

共感し頷くはどぎつい女装のアラン。醜悪なモンスターに仲間と言われたようなものでリホは半眼を向けました。

「お前と同類にすんな、共感するな」

「………訴えたら勝てる」

まぁさすがに女装した大男と一緒くたにされるのはイヤですよね。

そんな嫌がる彼女をミコナはニヤニヤしながら眺めています。

「なんだかんだで似合ってるじゃないリホ・フラビン。やり手のメイドさんみたいよ」

「ミコナ先輩めぇ……」

そんな感じでワイワイ盛り上がっている講堂に……

――ガラッ
本命が……登場します。

「す、すいません。なにぶん着たことがない服なので時間がかかっちゃいました」

メイド服姿になったロイドが講堂へと現れました。

支えたくなるような華奢《きゃしゃ》さに加え柔らかい印象の足首。

程良く紅潮した頬と柔らかい髪の毛は男女関係無しに思わず撫でたくなる衝動に駆られてしまうことでしょう。

「パーフェクツ」

メガネ女子先輩が勝利を確信したかのようにメガネをクイーして静かにそう呟きました。

いったい何に勝利したのかは意味不明ですが……言いたくなる気持ちも分かるほどロイドのメイド服姿は似合っていました。

ロイドが登場してあまりの似合いっぷりに思考が回らなかった生徒たちは、言葉を失い作業の手を止めるほど魅入っていますね。

程なくして理解の追いついた人間からまばらに拍手をします、それは少しずつ大きくなって瞬く間に万雷の拍手へと変わりました。

どうして拍手が？　と戸惑うロイド。その様子すらも萌えてしまうのか、さらに拍手は強く強くなっていきます。鳴り止む雰囲気が全くありません。

ミコナだけは拍手せず苦虫を嚙みつぶしたような顔でロイドを睨んでいました。

「ふん……これで勝ったと思わない事ね」

絵に描いたような捨て台詞ですね。

「思っていませんし！　何の勝負なんですか⁉　ていうかメイド&執事喫茶ですよね！」

メイドさんロイドのキレのあるツッコみ正論ですが……メガネ女子先輩はメガネをクイクイ

しながら申し訳なさそうにしています。

「そっちも堪能《たんのう》したいのだけれど、生憎《あいにく》レンタルした執事服の方がまだ届いていないの。衣装って書かれた大きめの箱が届くはずなのに」

「見ていないわね……誰かが隠したとかじゃないの？」

そう言いながら男性陣をきつく睨むメイド長なミコナさん。女子に執事服を着させない男子の作戦と考えたようですが、メガネ女子先輩も同じことを考えていたみたいです。

「私もそう思って男性陣を問い詰めたけど、本当に知らないみたいね」

ちなみに問い詰められた男性陣は何故かテンションが上がっています。恐らくメイド姿のミコナに睨まれてM方面の扉が開きかけているみたいですね。

「なんかムカつくから連中にもメイド服を着せてちょうだい」

「御意」

ミコナに促され、恐るべきスピードで男子をひん剝きメイドに変えていくメガネ女子先輩。一瞬にして女装モンスターに姿を変えられテンションの上がっていた男性陣は生ける屍に早変わりしました。どうやらこっちの性癖の扉は開かないようですね。

「じゃ、じゃあ僕当分この格好なんですか⁉」

本気で困るロイド。セレンもフィロも頷きながら同意します。

「そうですわね、メイド姿もいいですが執事姿も見たいですわ」

「………同意……同意っ！」

同意のベクトルが実に不純ですね。

執事服がない……その事実に落胆しながらも模擬店を成功させるためロイドは気持ちを切り替えた模様です。キッチンになった講堂の真ん中で声を張り上げます。

「と、とにかく料理の仕込みをしないと！　皆さんもほら、手を休めないで！」

一年生筆頭として皆を鼓舞するロイドですがメイド服姿では説得力という説得力がありません。ピリッとした空気には程遠いホンワカな空気になりました、これはこれでアリですが。

「この姿でお母さん属性……ロイド君の攻撃範囲は化け物か」メガネクイー

その注意する態度すら一部の人間にクリティカルヒットしたことは言うまでもありませんね。

「なんていうか一周回って畏敬の念が湧き上がりましたわ、似合いすぎですロイド様」

「……お持ち帰りしたい」

リホもロイドの可憐《かれん》な姿を見て本調子に戻ったのか、アゴに手を当て皮算用を始めます。

「こりゃ大もうけ間違いなしだぜ。何のトラブルもなけりゃガッポリ稼いでオプション付けて……地方で家一軒建てられるかもなぁ」

そう、何のトラブルもなければ。

リホのこの言葉が見事フラグになってしまうとは、この場にいる全員ロイドのメイド服姿に夢中で欠片《かけら》も思わなかったのでした。

「ずいぶん長い拍手だねぇ、なんか良いことあったのか?」

栄軍祭の準備で人が忙しなく行き交う士官学校の廊下を、帽子を目深にかぶり清掃員の服を着た一人の男がのんきに歩いていました。

凡庸な目付き、歩きから伝わる身のこなし、怪盗ザルコその人でした。

ザルコは栄軍祭の忙しいこの時間帯に目を付け変装して侵入する計画を立てていたようです。

「警戒がピークになるのは祭りが始まって一般客が敷地内に入ってきてからだ、つまりこの時間が一番手薄。意味なく清掃員の俺が歩いていても忙しいのか素通りしやがる、クックック」

自分の考えがうまくいってザルコは含み笑いをしたあと、ほんのりサイズの合わないつなぎの清掃服を気にかけながら何かを物色しているようです。

「さて、首尾よく清掃員の服を手に入れたけど、さすがにこれじゃ王様に近づくのは骨だ。さっきかっぱらった衣装の箱は全部執事服だったからな」

おっとどうやら執事服を盗んだのはザルコだったみたいですね。

そんな手癖《てぐせ》の悪い怪盗は人気《ひとけ》のない部屋にこっそり侵入しました、その時です。

「……おや?」

ザルコの目に飛び込んできたのは教室に一つだけきちんと畳まれた男物の軍服でした。

「なんでここに一着だけ……まぁいい、サイズも合ってるしこりゃ幸先良いぜ」

ザルコはそう口にすると早速着替えます。

「背の小さいあっしにぴったりだ……うん？　変な腕章あるな、一年生筆頭？　これは外しておくか、で前髪で顔を――」

彼は前髪を垂らし目元を隠すと窓に映る自分の姿を見て頷きます。

「これなら王の間に侵入してもおかしくはないな……しかしいつまで拍手してるんだ向こうの講堂は、マジで良いことあったのか？　……まぁいいか、んじゃちょっと拝借しますよ～っと」

ザルコはおどけてみせると足早に教室から出て目的地、王の間に向かうのでした。


その王の間では王様がウキウキの様子で外の準備風景を眺めていました。

「ほっほっほ、若人たちが頑張る姿は美しいのぉ」

王様は次に自分が作成したパンフレットを手に取り眺めます。

「恋愛イベント、無理してプロフェンから愛の石像を拝借したんじゃ、成功してマリアが幸せになって欲しいものよ……のうクロム」

王様はにこやかな笑みを浮かべながらクロムに話しかけます。

しかしそのクロムですが、四角い顔をさらに角張らせながらなにやら部下から報告を受けていました。

「なんだと！　それは……なんということだ！　この事を王には……その方がいい……他のお

偉いさんが⁉　こりゃ少々やっかいだな」

クロムの顔からにじみ出る「事件の香り」を察知した王様は神妙な顔で彼に尋ねます。

「クロムよ、なにかやっかい事か」

「お！　王！　い、いえ何でもございません、ちょっとしたトラブルですが迅速《じんそく》に解決してみせます」

狼狽《ろうばい》するクロムに王様は問いただします。

「ほう……して、どのようなトラブルかな?」

「いえいえ、王の耳に入れるほどのことではございません。王様は安心して栄軍祭を楽しみにしていてください」

信頼があるのでしょう、王様はクロムにこれ以上言及せず話を切り上げました。

「うむ、分かった。ではワシは自分の準備をしよう、ところで愛の石像はまだ台の上に乗せなくていいのかな?」

「うぐ……な、なにぶん目玉の一つですから、すぐに見せてしまうのももったいないかと」

「おぉ、さすがはクロム。エンターテイメントを分かっておるのう」

「で、では我が王よ、私は問題解決に向かいます」

クロムは他の軍人も引き連れて急ぎ足で王の間から出て行きました。

一人残された王様はちょっと疎外感を覚えたのでしょう、ほんのり寂しげに外を眺めます。

「ま、クロムが言うのじゃ問題はないじゃろうて……はてさてワシも身支度をしないとな、誰かおらぬか？」

王様の呼びかけに一人の軍人がどこからともなく現れました。

「はい、ただいま」

「おお、すまんがワシのローブを……ムグっ！」

刹那、軍人は王様の口をハンカチで押さえます。王様はしばらく抵抗を見せた後かくんと意識を失ってしまいました。

床に倒れ込む王様を見て軍人――変装したザルコはハンカチをしまいほくそ笑んでいました。

「いや、実にスムーズ。スムーズ過ぎて怖いね」

ザルコは床に何やら手紙を置くと、王様を抱えバルコニーから下に向かってロープを垂らします。

何度かロープの掛かり具合を確認すると手慣れた感じで王様を肩に背負い込みました。

「しっかし王様一人だけってのは想像しなかったな……警備はどこ行ったんだ？」

あまりにも簡単すぎて拍子抜け……そこがちょっと引っかかったザルコでしたが、

「好い日もあれば悪い日もある。今日がその好い日だっただけ……さて、とっとずらかるか」

そう自分に言い聞かせた彼はそのまま王様を抱え庭に降りると、ロープを回収しどこぞへと姿を消したのでした。

そんなことが起きたとは露知らない士官候補生たちの講堂はメイド喫茶の準備で大忙しでした。

「作り置きのチキンライスここに用意しておきます！　あぁあとお水は大事に使ってください！　井戸は大変混雑すると思いますので！」

テキパキと指示を出すロイド。普段学食で働いている彼の指示は的確で同級生のみならず上級生も文句一つ言わず動きます。

「分かりましたわロイド様！　そしてその可愛らしくも凛々《りり》しい姿！　目線をこっちにプリーズです！」

パシャパシャと写真を撮るセレン……おっとリホとフィロが彼女の愚行を同時に止めましたね。

「……なにしてる」

「何してんだ仕事しろ」

報道カメラマンも真っ青《まさお》な使命感と下心を持ち合わせているセレンはファインダーから顔を背けることなく対応します。

「良いじゃないですかこのぐらい役得あってしかるべきですわ、こんな媚びに媚びた服装しているんですもの……ちゃんとお二人にも分けてあげますから」

「…………ん」

「程々にしておけよ」

この二人、政治家になっちゃダメなタイプですね、賄賂に弱すぎです。

一方で講堂の端で何やらやっているミコナにリホが声をかけました。

「ミコナ先輩、何やっているんですか」

「おっと、リホ・フラビン……決まっているじゃない、ロイド・ベラドンナをぎゃふんと言わせるアイディアスイーツを作っているところよ」

どうやら容姿で一歩リードされたと自覚しているミコナは料理の方で起死回生を狙っているみたいです。

しかし正攻法ではどう逆立ちしても料理でロイドには勝てないと理解している彼女は色々試行錯誤しているようです。

店に貢献してくれるなら文句のないリホは思わぬ展開に顔をほころばせます。

「お、いいっすねぇ。売り上げモリモリ上げてくれるんだったら大歓迎ですよ。で、何作っているんです?」

メイド服に着替えたメガネ女子上級生がメガネをクイクイしながら得意げに語ります。

「ソフトクリームよ」

よく見ると氷魔法を使いながらヘラで何やらこねている模様ですね。

その凡庸な商品にリホは少なからず落胆します。

「ソフトクリームか……売れ筋だけどアイディアスイーツっすかソレ？」

「ふふん、そう言うと思っていたわ！　でもね、これはただのソフトクリームじゃないのよ。その名もご当地ソフトクリーム！」

「ご当地ソフトクリーム？」

ミコナに続きメガネ女子上級生が解説を続けます。

「その土地の名産品は有無をいわさずソフトクリームに練り込む事は基本中の基本よ、どんな微妙な特産品もソフトクリームと混ぜ合わせることでそのポテンシャルを十二分に発揮するの」

「まぁ確かにインパクトはあるかも……変わり種としちゃありか」

そこでリホはあることに気がつきました。

「そういや、アザミの特産品ってなんだ？　いまいちコレってのがないんだけど」

アザミは大きな陸路が各地に繋がっていてしかも海に面しているので海の幸《さち》も山の幸《さち》も豊富でそれ故《ゆえ》に「これ」といった特産品がないのでした。

そう言われたミコナは大きな胸を張って堂々と答えます。

「あるじゃない、一番の特産品、そう――串焼きがね」

「くしっ⁉」

驚いたリホの機微など意に介さず、串焼きをペースト状にした物を混ぜ込んだであろう、きつね色のソフトクリームの元を満面の笑みで自慢するミコナら上級生たち。

「まじかよ……」

リホは思いっきり顔をひきつらせながらきつね色に仕上がった物を呆然《ぼうぜん》と眺めるしかありませんでした。

そうです、アザミは新鮮な海の幸山の幸が集うため、その食材を串に刺し焼きたてを食べるのが屋台の定番になっているのです。

明らかにそのまま食べた方がおいしい食べ物をわざわざペーストにしてソフトクリームに練り込む行為にリホは戦慄を覚えました……この人たち、オリジナリティを出そうとする余り「味」という基本的な部分をないがしろにしていやがる……と。

「ちょっと待ってくれ」

不安になったリホは串焼きソフトクリームをスプーンですくいフィロの元に向かいました。

「……ん？」

どうしたのかと小首を傾《かし》げるフィロ。

「すまんフィロ、黙って試食してくれないか」

リホの差し出すスプーンを彼女はぱくりとくわえます。

そして数秒咀嚼《そしやく》し……

「……これ、あかん。何コレ」

なぜか西の訛になってしまいました。普段真顔なのに思いっきり顔をしかめていますね。

「悪食のフィロですらノーセンキュー……しかも無表情が売りのこいつがここまで顔をしかめるなんて」

よくて豚の餌《えさ》……そう察したリホはミコナの方へと向かいます。

「な、なぁ先輩がた。これ味見したかな？」

リホの問いに上級生たちは満面の笑みを浮かべちゃいます。

「もちろんよ、ほんのり塩が効いて油が白く固まってるけど、これはこれでオリジナリティあふれる味わい深い風味だわ」

「あ、ダメだこりゃ」

自分で一生懸命作った料理はおいしく感じてしまう、そういう症候群と察したリホは頭を抱えるしかありません。

「在庫確定の売れない商品が出来ちまった……」

本来ならこれを止める立場のミコナが率先して作っている時点で業が深いなと嘆くリホでした。

「まぁいいや、トラブルさえ起こしてくれなきゃ問題ない……あん？」

その時です、そのトラブルが大きな音を立て、満を持して講堂内に現れます。

バン！　ドカドカドカ――

扉の開く大きな音と共に現れたのは軍人の集団、まるで占拠されるかの勢いで軍人がなだれ込んできたのです。戸惑う士官候補生たち。

その中には彼らのよく見知った顔もいました。

「クロム教官、それにコリン大佐？　いったいどうしたんですの」

「……お姉ちゃん」

様々な軍人に加えクロム・モリブデン、コリン・ステラーゼ、メナ・キノンといったそうそうたる顔ぶれ。

そしてその後ろから悠々と現れたのは……

「げ、ロールじゃねーか」

孤児院でリホの姉貴分、ロクジョウ魔術学園の学園長を経て現在アザミの軍人になったロール・カルシフェでした。

何やら自信たっぷり偉そうな雰囲気を醸し出しながら講堂内をぐるりと見回すロール。

一方でメイド服姿の生徒たちを見て驚いているのはクロムです。

「お前等なんだその格好は」

「クロムさん知らんかったのか？　士官候補生はメイド&執事喫茶やて、執事は見当たらへんけどな……許可出したん違うんか」

「生徒の自主性を尊重すると言って放置したが……」

「自主性尊重しすぎだよねぇ、アハハ」

クロムは「やってしまった」と頭を抱えました。上司は最終確認を怠ってはいけません。

そんなクロムたちのいつものやりとりの中、ロールはぶつぶつ独り言を言っています。

「お茶もある、広さもちょうどええ……そして手足になる軍人の卵もおる……」

いきなり登場した姉貴分にリホは食ってかかりました。

「おいどうしたロール！　何の用事だよ！」

「……全くそんなおもろいな格好をして……金稼ぎどすか」

「そうだ！　悪いか！」

即答するリホにロールは「やれやれ」と肩をすくめました。

「相変わらずで嬉しいわ……そんな事より一大事なんですわ。ここ、明け渡してもらいましょか」

「はぁ⁉　そんなことだって⁉　金稼ぎより大事なことなんてあるのか⁉」

「……あるでしょ」

小声でツッコむフィロは、そのままメナにいったいどうしたのか質問します。

「……お姉ちゃん、何が起きたの？」

「フィロちゃん、実はねぇ」

メナの言葉を遮《さえぎ》るように、主役は私だと言わんばかりにロールは声を張り上げます。

「ここを捜査本部にするんや」

「捜査本部？　いったい何のですか？」

メイド服姿のロイドに動揺しながらもクロムは起こってしまった事件をここにいる全員に伝えました。

「——展示予定の石像が、盗まれたのだ」

「石像？　石像ってあのプロフェンのか⁉　っておいロール！」

テキパキとメイド喫茶の厨房兼控え室である講堂を捜査本部に模様替えしていくロール。

「それ以外、大事な石像がありますか？　あぁ、警備の方はそっちで。今お茶を用意します……メナ」

「あいよ〜、この紅茶配らせてもらうね〜」

後から入ってきた警備の軍人たちを案内しメナはお茶を配り始めました。

「ちょ、メナさん！　それ商品」

「まぁまぁ、後で上に請求してよ。それにロールちゃんはリホちゃんやロイド君を信頼してここに来たんだよ」

「そうやでリホちゃん、今回の件は外部に漏らしたらアカン、だから事情を知っている警備の方々と一部の軍人、少数精鋭でいきたいんや」

コリンは「すまんな」と手を前に合わせて謝ります。

クロムも頭を下げながら士官候補生たちに協力を要請します。

「性格に問題あっても実力はあるからなお前等は、力を貸して欲しい」

「今は外見にも問題あるけどね～特にアラン君」

「メナさん！　そんなじっくり見ないでください！」

「見てないよ～夢に出てきたら不眠症になっちゃうから～……ホント出そうだからスカートの裾を押さえないで、不意の仕草《しぐさ》のインパクトがやばい……」

最初はいじってたメナですがアランをマジマジと見て本気で気持ち悪くなったみたいですね。目頭押さえています。

「メナさん！　後半マジトーンやめて！　心痛めるから！」

アランの悲痛な思いはさておき、ロールのやる気に満ちあふれた行動に疑問を抱いたセレンはコリンにこっそり質問します。

「で、なんであのお方はあそこまでやる気満々なんですの？」

コリンは「やれやれ」と嘆息交じりで説明します。

「この件でもう一つ上の階級にのし上がりたいようやで、あの女」

フィロも呆れ、元上司に半眼を向けています。

「………ロクジョウ魔術学園とやってること変わらない」

「はいそこ静かに！　席に着きや！　メイド衆も速やかに、準備は後回しにするんや、これは上官命令やで」

全員が席に着いたのを見て満足げに唸るロールは黒板に「極秘捜査本部」とでっかく書きました。極秘なのにでっかく書いていいのかと誰しも思いましたが、誰もツッコみません。

急に重い空気が辺りを支配したからです。

その原因はロールの横に明らかに偉い立場の勲章を着けた軍人が数名、思い詰めた顔をして着席したからです。

軍の上層部に明るくないロイドはアランに小声で尋ねます。

「あの……アランさん、あそこの方はどなたでしょうか」

「左から軍事情報や広報関係を取り仕切っている方、警備軍人を総括する方、外交関係のトップの方ですね」

めちゃめちゃ偉い人がいる……刑事の報告会のような様相を呈してきた講堂内に緊張が走りました。

タイミングを見計らい、ロールがゆっくりと事件の概要を説明し始めます。

「今朝《けさ》未明、プロフェンから貸し出された愛の石像が何者かによって盗まれました」

ざわめく講堂内。

ロールはわざとらしく咳払いを一つして場を鎮めてから話を続けます。

「外交関係や警備、そして栄軍祭の混乱を避けるためこの件は内々で処理したい……そのため一部の軍人しかこのことは知りまへん。もちろん他言無用、口が滑ったら今後の軍人生活がどうなるか保証できひんのでご了承ください」

ロールは合間合間に隣にいるお偉いさんに目配せをしながら説明を続けます。彼らの役職と勲章はそれだけで軍人の卵である生徒たちに威圧感を与えていました。

「偉い人を印象づけて、有無をいわさず私たちを手駒にするつもりですわね」

「……こういうのは本当に得意」

「しかたあるまい、俺たちはともかく先輩方は直後に進路の事もある。迂闊《うかつ》に異は唱えられんだろう」

セレンたちが声を潜めて会話をする中、ロールは淡々と進行していきます。

「みなさまの協力に期待していますえ……では発覚当初の様子を」

ロールに指名され一人の軍人が敬礼と共に現場の説明を始めました。

「今朝未明、警備の軍人が一日三回の宝物庫内の巡回中に愛の石像、正式名称「アキヅキの石像」がないことに気がつきました、現場はそれ以外に持ち出された形跡はなく石像のみねらった犯行かと思われます」

「夜の巡回から朝の巡回まで約四時間の間に起きた犯行、王城内に不審な人物は？」

「その日の当直、日誌など全て確認、聞き込みをしましたが不審な人物はおりませんでした」

その報告を聞き外交のトップであろう軍人が警備の統括《とうかつ》者である軍人にチクリと言葉で牽制します。

「やれやれ、今回の事件は警備の怠慢じゃあないでしょうかねぇ。万が一プロフェン王国との国交がこの件で悪化でもしたら我々外交の人間がどれだけ走り回ることになるか……想像しただけでも」

外交担当なだけに若干回りくどい言い方ですね。

そう言われ警備統括の軍人は毅然とした態度で反論します。

「何も考えず栄軍祭の何日も前に石像を持ってきて、あげく我々に保管を丸投げにした人間の言葉ですか」

「おや、私が悪いとでも」

「今回の件、こういう見方も出来ます。我々警備の軍人を貶《おとし》めるための内部による自作自演とも」

予想外の反論に面食らったのか外交トップの軍人は立ち上がり否定しました。

「な！　いいがかりはよしてもらおうか！」

「不審者の目撃がなければその線もあるという事です。ロール君、この事件内部の犯行も視野に入れるべきかと」

醜い政治的駆け引き、間に割って入るは情報及び広報担当の軍人です。非常に軍人らしからぬおどおどした態度で、事務畑の人間なのが見て取れます。

「とにかく石像がなければパンフレットでウソをついたことになる！　プロフェンの石像を紛

失した件が公に晒《さら》されたら軍の評判は著しく落ちてしまう……今までの広報活動が水の泡ですよ！　最悪、お二人に責任とってもらいますからね！」

「今そのことを言うのか⁉」

「じゃないと私の首がぁぁぁ……」

政治的駆け引きに責任の擦《なす》り付けあい……この問題単純な盗難ではなくなっているようですね。

「責任の所在は今話し合う事じゃございません、石像が見つからない場合お三方平等に降格も考えられますえ」

「ろ、ロール君」「いやぁ、それだけは勘弁だねぇ」「君、何とかしたまえ」

ピイピイ雛のように喚くお偉いさんを見てロールは仏のように優しい笑顔を向けました。

「ご安心ください、そのためにウチがいるんどす、石像は必ず見つけますので」

「う、うむ」「今回の件上手く片づいたら君の名前は覚えておくよ」「君、必ず解決したまえ」

ロールの言葉に安堵《あんど》する三人。母親に厳しい言葉を浴びせられた後、優しい言葉を投げかけられた子供のような表情でした。

クロムたちはその見事な緩急の付け方に脱帽します。

「ああやって人心掌握して出世するんだな」

「このへんの駆け引きは相変わらずやでロールは、腹は立つけど頼りになんねん」

「ロールちゃんの座右の銘が「他人のピンチは自分のチャンス」だからね。セルフプロデュースの鬼は健在だぁ」

ロールは候補生たちに向き直ると鋭い目つきで言い放ちます。

「聞いてたかー候補生諸君。君たちの事を色よく覚えてもらうため、しゃかりきに頑張るんやで」

「ったく、調子良いな相変わらず」

「……義姉妹そっくり」

広報担当のお偉いさんはまだ候補生を信用していないのか、狼狽しながらも圧をかけてきます。

「このことは本当に内密に！　下手なことは絶対しないように！」

その時、クロムが立ち上がると彼らを擁護する姿勢を見せました。

「ご安心ください、この生徒たちは実力、実績、共に申し分ない、いつ部隊配属になっても大丈夫なほどパワフルな人間です」

「問題なんは実力やなくて性格のほうなんやけどなぁ、ちょくちょく暴走するやつおるし」

コリンの小声に「オマエモナー」と無言で視線を送るクロム。

「すごい良いように言ってるね、パワフルって」

メナが傍《かたわ》らで苦笑しています。

ロールは「というわけです、ご安心を」とお偉いさん三人衆を落ち着かせました。

「で、立ったついでで申し訳ないんやけど、王様の様子はどないでしょうクロムはん」

「幸い石像に関しては気づかれていない、しかしイベントを楽しみにしておられるので――」

クロムが王様の様子について話をしているその時でした。

「く、クロム大佐！」

ドアを勢いよく開き近衛兵の一人が講堂に入ってきました。

「どうしたの⁉」「まさか石像が見つかったのか？」「でも、明るい話題ではなさそうだねぇ」

「まずは落ち着くんだ、いったいどうした」

肩でゼェゼェ息をしている近衛兵を落ち着かせながら用件を聞き出すクロム。

彼は手に握りしめた手紙らしきものをクロムの鼻先に勢いよく差し出します。

「さ、さっきこんな置き手紙を発見してしまいました！」

その中身を確認するクロム、背中にひっつくようにコリンやメナ、ロールにお偉いさんが肩越しにその手紙を覗き込みました。

「「「な、なにぃ！」」」

驚く軍人たち、候補生は内容が分からずポカーンとしております。

「あの、すいません、いったい何が……」

おずおずと手を挙げるロイドにクロムが落ち着いて手紙を読み上げました。

「お前たちの大事なものは預かった、すぐに返して欲しくば以下の要求を本日の栄軍祭パレード終了までに実行すること――」

ざわつく講堂内。

フィロが挙手して質問します。

「……要求とは？」

「――アラン・トイン・リドカインの除隊、そして彼のドラゴンスレイヤーといった数々の逸話がウソであったことを公表すること……だ」

「お、オレェ⁉」

メイド服姿の大男が思わずうわずった声で慌てふためいてしまいました。

いきなり巻き込まれ右往左往するアラン。

クロムはかまわず手紙を読み続けます。

「以下の要求が飲めなければ人質は無事ではないと思え――怪盗ザルコ」

怪盗ザルコ。その単語に講堂内がどよめきました。

「か、怪盗ザルコってあれだろ……依頼に応じて何でも盗むって噂の……」

「今回はアランの家の失脚を狙って石像を盗んだのか……なんて奴だ」

どこからともなくそんな話し声が聞こえてきました。

リホは半笑いになりながら手を後ろに組みアランの方を見やります。

「読めたぜ。アランに嫉妬した人間が怪盗さんに仕事を依頼したってことだな。雇用を生み出してすごいねぇ」

「ちょっと待て！　だからってそんな俺一人のために……プロフェンの石像だぞ⁉　アザミ王家だけでなくプロフェン王国も巻き込むのか⁉」

　メナがこめかみを押さえながら「そういうものさ」と口にします。

「それも狙いでしょ、国交と一介の軍人を天秤にかけさせて……あと自分の腕を誇示したいのさ、こういう輩は。しっかしまいったねーアラン君、無職になっちゃう」

「メナさん！　もう要求受ける流れにしないで！」

「そうか、アザミのエースで最高戦力と呼ばれているアランさんを除隊して戦力の喪失と軍の信頼を貶めようとしているんだ！　超強いアランさんをこんな形で……」

「ロイド殿、嬉しいんですが噂ほどの人間でないのは否《いな》めない事実でして」

　別ベクトルで自分を追い込む無自覚なロイドにアランは涙目です。

　一方リホとセレンはいつものようにいじります。

「石像を人質なんて洒落たやつだな、それに免じてアラン除隊でいいんじゃないか」

「長い間、人のフンドシで相撲をとっていたツケが回ってきましたわね。大人しく除隊されて石像を取り戻してくださいな」

「おま！　人の人生だぞ！　ってみんなも！　あれぇ⁉」

アラン除隊でいいんじゃないか？　そんな空気を漂わせるいつもの面々に広報担当の偉い人が割って入ってきました。

「そうだ！　広報担当として言わせてもらう！　アラン君の除隊はイカン！　彼はドラゴンスレイヤーとしてアザミの未来を担う男！　多少の「盛り」も当初はあったが、それに見事応え素晴らしい広告塔になってくれた彼を、宣伝費を無駄にするわけにはイカン！」

熱弁を振るう広報担当に外交のトップはニヤニヤしながらなだめます。

「まぁまぁ、いいではないですか、彼一人の犠牲で石像が戻りプロフェンとの国交は保てる」

「私の立場はどうなるんですかぁ！」

警備統括の軍人も広報担当の軍人をなだめます。

「他国からの預かり物を失ったことの方が問題になる、痛手は少ない」

「そのへんは外交トップとして上手くやりますよ、まず石像が第一でしょうお互いに」

偉い人の醜い争いに辟易《へきえき》する候補生たち。

まぁアラン一人で石像が戻ってくるのなら……そんな空気になりつつある中、ロイドが声高に偉い人に食ってかかります。

「そ、そんな！　確かにアランさんなら軍を辞めても生きていけるほど強い、きっと引く手数多《あまた》かと思いますが！　だからといって簡単に……僕はイヤです！」

「ろ、ロイド殿……」

「それに、軍人が犯罪者の要求を一方的に飲むなんて、そんなのよくないと思います！」

ロイドは嘘偽《いつわ》り無い本心をロールとお偉いさん三人衆にぶつけるのでした。

「これは非常に高度な政治的駆け引きだ、一介の士官候補生が――」

「ふん、悔しいけどその通りね！」

それに呼応したのか、立ち上がったのは、なんとミコナです。

「ミコナさん……」

「アザミ軍人、ひいては自分がコケにされるのがイヤなだけよ！　石像も見つけて怪盗なんちゃらを捕まえて無事に栄軍祭を終わらせればいいんでしょ！」

ミコナの言葉に広報担当の軍人も泣きながら賛同しました。

「そのとおりだ！　君たちの仲間を思う気持ちは大事だ！　もしアラン君が除隊されしかも今までの逸話がウソだとしたら今まで新時代のホープとしてプッシュしていた私の立場が危うくなる！　広告費も無駄になる！」

本音、ダダ漏れですね。

「ふむ……君、名前は？」

警備統括の軍人が鋭い視線でロイドを見やりました。

臆せずロイドは答えます。

「ロイド・ベラドンナです……今はこんな格好ですが一年生筆頭です」

「……覚えておこう」

ロールは流れを一回変えるよう「ハイハイ」と間に割って入ります。

「つまり石像をザルコから取り返せば全て丸く収まる、分かりやすくなったと思いましょ……誰かザルコに関する情報は持ってますか？」

「ちょうど、ここに資料があるぞ。人数分刷ってあるし足りなかったら言ってくれ。さらには中央区で潜伏していそうな場所や石像を隠せそうな怪しい場所も網羅《もうら》してある、参考にしてくれ」

クロムは手にした紙の束をロールに渡しました。

「おぉ、ずいぶん準備がええなクロムさん、どないしたんどすか？」

「気にするな。あとこの「隠れヒッキー」というタイトル部分は無視してくれ」

「ほんと、どないしたんどすか……まぁええわ」

クロムは全員にザルコに関する情報を手短に伝えます。

「なるほど、ご苦労さん。すぐに返すと言っているあたり石像は国内、それもお城から離れていない所、そしてパレードなど確認できる場所に潜伏している可能性大どすなぁ、候補生は全力で警戒に当たるように」

そのことについて異を唱えるのはリホでした。

「おいロール！　こっちは模擬店があるんだ！　商品も仕入れたし料理だって仕込んだぜ！今更中止には出来ねえよ！　どうしてくれる！」

メイド服のスカートをなびかせ、金のため猛反論する妹分にロールは呆れ顔です。

「そんなんそっちで工面しなはれ」

「ただでさえ人手不足なのにそっちにまで人間割けるか！　メイド喫茶は接客力が命なんだぞ！」

いつの間にか執事どこかに行っちゃってますね。

ロールはこれ見よがしに「ハァ」と嘆息すると警備の軍人に話しかけます。

「ザルコの資料、手配書の紙を……金額書いてある方で」

「はっ――」

ロールは手配書をもらうとリホの肩を組みその紙面を一部分をじっくりと見せました。

「ええか、メイド喫茶と天秤に掛けや、この懸賞金を……」

「……え？　………うぉ、マジで？　こんな額なの？」

「べらぼうに金持っている奴の反感こうてんねや。メイド喫茶から人手割いても割に合う金額やろ？」

「割く価値ありだ、おおありだ」

「やろ？」

リホは颯爽と講堂の真っ正面、さっきまでロールがいた場所に上がると声高に候補生たちを鼓舞しました。

「よーし！　アタシら士官候補生の実力と底力を、薄汚いコソドロに見せてやろうぜ！　アザミと同志アランの為に！　頑張ろうぜオイッ！」

アランは目がお金の形になっているリホを見て釈然としない顔でした。

「……ほんと、分かりやすい」

「リホさんの発作ですわ、お金からむと本当にもう……ハァ、やること増えたらロイド様と恋愛イベントに参加できませんわ」

その辟易した独り言にコリンが反応しました。

「セレンちゃん、なんや知らんのか？　このままやとイベントは中止やで」

「はい？」

「その恋愛イベントの肝があの石像なんや」

「はぁ？」

「何でもプロフェンに伝わる恋愛成就の石像でな――」

ひとしきり石像の説明を受けたセレンは別のベクトルでやる気に満ちあふれました。

「ザルコをぶっ潰しましょう！　恋愛イベントをお釈迦《しゃか》にした！　ザルコに死の鉄槌《てっつい》を！」

あぁこれは恋愛イベントでまたロイド本人の意向などガン無視して、あれやこれや妄想のあげくゴールインしようと企んでいたようですね。きっと懐かどこかに婚姻届（あとはロイドの印鑑待ち）を数枚忍ばせているはずです。

そしてフィロも静かに燃えていました、いつものように無表情ですが陽炎《かげろう》が漂っています。

「……セレン、こうしよ……先にザルコを倒した方が……恋愛イベントの権利ゲット」

フィロからの提案に面食らうセレンですがすぐさま口元をつり上げます。

「いいでしょうフィロさん、あなたとは一度白黒つけたかったのですわ」

交わる視線、火花が見えるくらい熱い熱い視線でした。

「ロイド殿も大変ですなぁ……」

恋愛方面も無自覚なロイドはよく分からず愛想《あいそ》笑いを返します。

「え？　そうですか？　一番大変なのはアランさんだと思いますけど」

「そうでした……軍辞めたくないよう」

ロイドを労《ねぎら》おうとして逆に慰められる可哀想な男アランは男泣きでした。

はてさて、その熱気に当てられたのかミコナはやる気に満ちあふれています。

「上級生のみんな！　下級生ばかりに活躍されるわけにはいかないわ！　ここは私たちの実力を存分にアピールして配属先に色を付けてもらうチャンスよ！　あとは愛の石像を見つけてマリーさんと……むふふ」

しっかりマリーのことも意識しているあたりブレませんねこのダメ人間。

台詞の後半はともかく前半部分、特に「配属先に色を～」のあたりは全上級生の胸に響いたらしく、みんなやる気満々でした。

「希望の配属先に行きたい！」『地方配属だけはイヤだ！』『事務職！　事務職！」

まぁ就活中の学生って自分に有利になることなら何でもどん欲にやりますからね。

色々欲望はとっちらかっていますが一丸となる生徒たちにクロムは頭を押さえっぱなしです。

「全く……頼りになる連中だ」

「実感こもってるね～クロムさん」

それを楽しそうに見やるメナ。

コリンは手紙を持ってきた軍人に王様について尋ねました。

「ところで王様はどんな感じでやった？　この手紙バレてへんよな」

「その場に王様はいらっしゃいませんでした」

「そか、きっと自分が企画した恋愛イベントに張り切りすぎて激励しにどっかに行ってもうたんやろな」

まぁ、まさかこんな同じタイミングで誘拐されたなんて誰も思いませんよね。

手紙に「王様」という主語があったら石像盗難との勘違いは避けられたはずでしたが……

「必ず石像を卑劣な怪盗から取り返しましょう！」

「おぉぉぉぉぉ！」

というわけで誰一人王様がザルコに誘拐された事実に気がつかず、全員石像奪還に燃えちゃっているようです。勘違いには当分気がつかないでしょうね……合掌。

さて、その王様はというとアザミ王国のどこかにある薄暗い部屋に縄で縛られ床に横たわっていました。

ほんのり漂うカビ臭さ、うっすら窓の隙間から差し込む日差し、遥か遠くに聞こえるお祭り準備の音。おっと奥の方に衣装と書いてある箱が隠してありますね、執事服を盗んだ後ここに隠していたのでしょう。

口に猿ぐつわと自由の利《き》かない手足に誘拐されたと察した王様は慌てることなくその犯人を見やります。

「すいませんねえ、アザミの王様をこんな場所にご招待してしまって」

慇懃《いんぎん》無礼な感じで軍人の服を着た男……ザルコはうやうやしく頭を下げました。

「…………」

実に落ち着き払った様子の王様を見たからなのか、はたまた彼の性分なのか、ザルコは王様の猿ぐつわを外してみせます。

「あぁ、大声で助けを求めても無駄ですぜ、バレねえ場所を抜かりなくチョイスしているんで」

「こんなことをして、いったい何が望みなのかね」

尚も落ち着き払った声音のアザミ王にザルコは感服の拍手を送ります。

「度胸のある王様だ、いやいや傲慢な依頼人に爪の垢を煎じて飲ませてやりたいもんですね」

「依頼か……ワシの命を狙っているのか？」

「いえいいえ、滅相もないことでございます。命だけは盗らないがあっしのポリシーでして……いえね、依頼人に色々頼まれまして一役買ってもらおうと……こっから先は言えませんがね」

楽しげなザルコ、自分の仕事は芸術と言わんばかりの不遜な態度でした。

しかし王様も負けじと強気の態度を見せます。

「一つ忠告しておく、アザミの軍人をあまりなめない方がいいぞ。すぐさまワシを見つけ救い出してくれる」

「へえ、それは面白い……まぁ見つかったとしても、あっしも腕に覚えがあるんでね、そう簡単にはお縄につきませんぜ」

「そうか、楽しみにしておくとしよう」

王様はゆっくりと目を閉じました。

まるで助けが絶対来るかのような一抹の不安もない態度を見せられ、ザルコは「お手並み拝見」と楽しげに笑うのでした。

「必ず彼らは来る……ワシの優秀な仲間、いや同じ国の家族なのだから」

一方その全幅の信頼を寄せられている部下たちはというと――

「というわけでこの件は王様にバレたらまずいから、王様見かけても全力でスルーやで！」

「ハイ！」

「話しかけられても極力無視！」

「ハイ！」

「イベントの激励とかいってどこに出没するかも分からんから注意すること！　王様出没注意や！」

「ハイ！」

「よーし！　では石像捜索開始や！　走れグズども！」

「ハイ！」

とまぁ王様が聞いたら涙目必至なやり取りをしていたのでした。家族（笑）ですね。

王様にとって無慈悲なロールの号令と共に軍人たちは一斉に持ち場に向かいます。

お偉いさん三人衆と一部の軍人を残しメイド喫茶のキッチン兼控え室兼石像捜査本部の講堂は妙な雰囲気に包まれていました。そわそわしている軍人にメイド服姿の学生ですもの、一見何がなんだか分からない状況です。

メイド服姿のリホはもうすでに恥じらいなど吹っ飛びホールやキッチン、警備、そして自由時間の記載されたシフト表を机の上に広げ石像調査用に調整を始めていました。

「えーっと自由時間を削って警備も石像捜査に充てるとして……ここは人少な目でも……しゃーないホールにも男子メイドを投入するか……背に腹替えられねぇ。執事服まだ届かないのかよ」

文句を言いながらもパパパッと赤で線を引き速攻でシフト調整をしたリホ、あまりの手際の良さに周囲から歓声が湧き起こります。

「こういうときはさすがねリホ・フラビン」

「へへへ、まぁアタシの正義の心が疼《うず》いたんですよ」

絶対金だろというのはもう野暮なので誰もツッコみませんでした。

それはさておき少々細かい感じではありますがメイド喫茶もしっかり回転させつつ警備を両立させたシフトを各自確認します。

「栄軍祭を一般市民の方にちゃんと楽しんでもらいながら石像の捜査、その他トラブルの起きないよう警備巡回……やることは山積みですが！　アランさんのため！　アザミ王国のため！　そして自分の思い描く理想の軍人のために皆さん頑張りましょう！」

「「「「おぉ！」」」」

スカートをヒラヒラさせながらですが、ロイドの心のこもった鼓舞に全員気合いのこもった反応を示しました。

その様子を警備統括の軍人が見守っています。

「見てくれはアレだが……なかなか骨のある少年だな。臆することなく意見を言われたのは久しぶりだよ」

「あのロイド・ベラドンナ君のことですかな？」

外交トップの軍人がその独り言に反応しました。

「いやーあの容姿、軍人っぽくないところが逆に広報的にありだと思いますねぇ。ポスター映えしますね」

目の付け所が若干違う広報担当の軍人はスルーして、外交担当と警備統括の軍人は先ほどの諍《いさか》いを忘れたような顔で語り合います。

「外交の……懐かしく思えないか？　あの頃は私たちも彼のように心で動いていた」

「あぁ、懐かしい話だ。結局それが許されない、打算まみれの立場になってしまったがね」

勲章をおもちゃのようにチャラチャラ鳴らしながら自虐的に笑う様はどこか似合っていました。

「立場か……責任がここまで足かせになるとは若い頃は思わなかったよ。警備統括として守っているのが国か自分の立場か分からなくなる時……分かるか外交の？」

「これはこれは……お互い難儀ですなぁ」

気持ちが分かりすぎて笑ってしまう外交担当の軍人。

そして警備担当は席を立つと講堂の外へと向かいました。

「おや、どうしました？」

「ちょっと昔を思い出して聞き込みでもしようかと思いましてね」

「あの少年に触発されたのですかな？　やれやれ……」

外交担当も同じように席を立ちました。

「お前もどうした？」

「いえ、警備に手柄を立てられると我々の不手際が浮き彫りになって困るんですよ。そうならないよう私も久しぶりに足を使おうかと」

警備統括と外交責任者はお互い笑い合うと講堂の外へと出て行ったのでした。

そんな二人を見てロールは目を丸くしました。

「あの二人をこんな風にするなんて……ロイド君の影響は計り知れまへんな」

ほんのり表情豊かなフィロやイキイキしているリホを見て、ロールはそう呟きます。

「ロール君、お茶ちょうだい。あぁ、あとこの茶色いソフトクリームも食べていいかな？　なんだろキャラメル味かな？」

一方で、なんらキャラを変えない広報担当の軍人にロールは呆れて物が言えませんでした。

「逆に計り知れまへんなぁこの人は……こんなんに担がれて、アランも大変どす……にしてもロイド君」

ロールはリホと仲良く会話するロイドを見て目を細めます。

「腕っ節だけじゃなく心意気も強うなりましたな…………初めて見たときは色々騙《だま》されましたが……ウチの部下として欲しいどすなぁ」

串焼き味ソフトクリームをつまみ食いして悶絶《もんぜつ》する広報担当の軍人を無視してロールはそう呟いたのでした。

様々な思惑の交錯《こうさく》する栄軍祭……その開始時刻は刻々と迫っていました。

第二章

たとえば部下が取引先の社長や会長と仲が良かった時に上司がとるようなリアクション

ポンッ！　ポンッ！　ポンッ――

青い空に向かって赤や黄色の小さな花火が軽快な音を立て打ち上がりました。

その音を合図に様々な国旗などでポップに装飾された城門が開き、地元の人間やこの日を楽しみにした地方の旅行客など色々な人間が一斉に敷地内になだれ込みました……中には走っている方もいらっしゃいますね。

パレードの場所確保が優先だ、いやいやまずは串焼きに酒で一杯だ……そんな平和な声が聞こえてくる傍《かたわ》らでは、着ぐるみを着た人が風船などを配ったり、それをお子さまが喜んだりと和《なご》やかな雰囲気に包まれています。

一方で城門付近にいる警備の軍人の目はいつも以上に眼光鋭く一般客一人一人の顔をしっかりと確認していました。

ザルコを捜索している軍人です、楽しげな声の裏では逼迫《ひっぱく》した空気を纏《まと》った軍人が今必死になって捜索を開始――波乱の栄軍祭の開幕です。

石像捜査本部の講堂ではロールが正面に座り各所からの報告を聞いています。

「正面門、異常ありませんでした」

「了解、引き続きよろしおす」

「搬入口、石像らしきもの、不審者、共にありません」

「了解、検問を怠らんでな」

「一番卓、ハートでデコったオムライス二人前」

「了解、一番卓――うん？」

「二番卓、ジャンケンしたいそうです」

「…………」

「オイ、ロール。座ってないでオムライス作るの手伝ってくんねーか？」

リホはそう言いながらメイド服姿で手際よく料理を作っていました、額に玉の汗が浮いていますね。

石像も大事だけど中止にしたら怪しまれると開店したメイド喫茶は始まったと同時に超大盛況、次々と石像捜索の軍人が報告する中をメイド服を着た士官候補生が行き交うカオスな状況になっているのでした。

「あんなぁリホ！　こっちは仕事しとるんどす！」

「こっちも仕事で大変なんだよ大車輪なんだよ！　ただでさえキッチンの人数捜索に割いているんだから……報告聞きながら作り置きのチキンライス暖めるくらい出来るだろ」

「どこにチキンライス温めながら事件の報告聞く責任者がいるんどすか！」

ジャー！　ジャー！　ジャー……

「え？　なんだよ炒め物がうるさくて聞こえねえよ！　もっと大きな声で言ってくれ」

「しかも聞こえないんだったらなおさらやりまへん！！！」

絶叫するロールの方など見ず、リホはキッチンの仕事を華麗にこなします。

「はいよ、オムライスオッケー。ハートは先輩頼むぜ」

「おう！　まかせろや！」

野太い声と共にケチャップでハートをデコる男子上級生……この現場見られたら詐欺だと訴訟ものですよね。

「しっかし開始早々いきなりピークタイムとは計算ミスったぜ……いや、一番計算外だったのは……」

リホはそう言いながらホールの教室を覗《のぞ》きました。

そこには――

「ロイドくーん！　こっち来てー」『ロイドきゅーん』『ロイド君ハァハァ……』

「すいません！　今行きます！」

メイド服ロイド目当てで大変盛り上がっているホールの方でした。

男女問わず人気のロイド、ミコナは同じホールにいながらあまり目立てておらず若干《じやっかん》不機嫌になっていますね……

「クソ……こんな恥ずかしい姿を晒《さら》しているのに……女の私がメイド服姿で男のロイド・ベラドンナに負けるというの？」

「ミコナちゃーん、ジャンケンしてよー」

「何⁉　グーで顔面殴って欲しいの⁉」

「お……オッホゥ！」（歓喜の声）

おっと一部の人間からはものすごい評価が高い模様ですね。

とまあロイドとミコナのツートップのおかげでものすごい繁盛しているのでした。

その様子をロールにも見せリホは手伝うよう持ちかけます。

「とまぁ本来キッチンの要であるロイドが予想の五倍は人気でね……ちょっとは手伝ってくれないか」

「石像とメイド喫茶の運営どっちが大事と思っとんどすか！」

「どっちも大事だぜロールさーん。中止していたら怪しまれるし大問題だしよぉ、それに人の集まるところに情報ありだろ」

ゲームでも酒場で情報収集は基本ですよね、正直酒場より無法地帯な気がしなくもないですが。

そんな会話の中メイド姿のアランがホールから戻ってきました。

「聞き込んできたぞ女傭兵、笑われながらで恥ずかしかったが」

「頑張るじゃねーかアラン」

「そりゃ自分の進退がかかっているからな。ミコナ先輩もジャンケンしながら情報収集しているぜ」

「ジャーンケーン……パー！」
スッパーン！（豪快に男の頬《ほお》を平手打ちした音）
「ひぃ！　ありがとうございます！」
「お礼を言うくらいなら知っていること洗いざらい話しなさい、怪盗みたいな男見なかったかしら？」

「正直ジャンケンとは思えないがよ」

「まぁお客さん喜んでいるし大丈夫じゃないかアランさんよぉ」

色々ツッコミどころはありますがしっかり石像捜査の仕事をこなしている候補生たちにロールは黙ってしまいました。

「……ったく……炒め物以外や、報告が聞こえなかったら本末転倒やからな」

「そういやロール料理ってできたっけ？」

「あんたが片腕使えへん時、孤児院でフライパン振るっていたの忘れたんどすか？」

「――だったな、ずいぶん昔の気がして忘れていたぜ」

思い出に浸るよう、昔を思い出すようにロールは包丁を手に果物を切り始めました。

二人の背中は年の離れた姉妹のようにも見え「金儲《もう》けに出世欲……似たもの同士だよな」とアランは小さく呟いたのでした。

「すいませーん！　オムライスとフルーツ盛り合わせ追加です！」

「「あいよ」」

へろへろなロイドの注文に二人は仲良く声をそろえて返事をしたのでした。


小一時間前、その教室の向かいの校舎。

快晴の下、屋上で柔らかな風を受けている一人の青年がいました。

「いやぁ、いい風だ。絶好の撮影日和だね」

ショウマです。彼はロイドの模擬店をパンフレットで確認、迅速《じんそく》に撮影位置を押さえ向かいの校舎の屋上にスタンバっていたのでした。

「ロイドの模擬店はあそこだってのは把握済み、ここからならいいアングルで働いている姿が撮れるよ」

そんな彼を初老の男性、ソウが呼び止めます。

「つかぬことを聞くがショウマよ」

「なんだいソウの旦那」

「このメイド&執事喫茶というのはいったいどんな店なのだ」

純粋なソウの質問にショウマは笑顔で答えます。

「使用人を雇えない身分の人間に向けたイメージクラブかな?」

核心突きすぎてはいけません、夢のある素敵な場所ですよ、メニューは割高ですが。

「お酒のでないイメージクラブか……しかし、そんな所で働いているロイド君の姿はちょっと英雄から離れてしまうのではないか」

「大丈夫大丈夫、ロイドならたぶん厨房だろう、料理得意だしさ……もしくは執事服でホールかな? ご注文を受けるロイドの丁寧さは神懸かっているから熱いね」

「個人的には軍服の上からエプロンでも十分効果は抜群だと思うがね」

「さすが世界を救った英雄ソウ、そっちも熱いね」

何が熱いかはさておき、満面の笑みでショウマはお世辞を言いました。

ソウは表情一つ変えずに謙遜《けんそん》します。

「よしてくれ、今の私は早くロイド君に英雄の立場を譲って消えたいだけの陽炎《かげろう》のような存在だ」

「ごめんよソウの旦那――おぉ! お店が始まったみたいだ」

ショウマがウキウキで三脚に乗せたカメラを覗き込みました。

そして――

「…………………」

しばらく無言の状態が続きます。

「どうしたショウマ」

「………」クイクイ

ショウマは無言のままカメラを覗くようソウに促しました。マシンガントークが売りの彼がここまで無言、しかも何故《なぜ》か鼻血を垂らしている……不思議に思ったソウは急ぎカメラを覗きます。

そして――

「………………………」

ソウもまた、同じように無言で固まってしまいました。

ゆっくりとファインダーから視線をはずし、ショウマに向き直ります。

「ショウマよ、今回の私たちの目的はなんだったかな？」

「ソウの旦那、それはもちろんロイドがお祭りで愛される姿を映像に残し、後世に伝え末永く世界を救った英雄として語られてもらうためさ」

「あぁ、すべてはロイド君のすばらしさを理解してもらうため」

「「でも」」

二人仲良くハモって、屋上の柵に身を乗り出してロイドの教室をじっくり見やりました。

その二人の目に飛び込んで来たのは――はい、例のメイド服姿のロイドです。

「「ちょっと可愛《かわい》すぎるだろぉぉ！」」

再度仲良くハモる二人。頬が紅潮して興奮気味です。

「ダメだ！　これじゃ「英雄にもお茶目な一面がありました」ってちょっとした特典映像にしようにもインパクトが強すぎて他《ほか》の大事な部分が霞《かす》んでしまう！　少年の英雄譚が女装少年の無双物語になってしまう！」

「軸がぶれてしまう、下手したら「やっぱ正統派の英雄はソウだよね」って逆に私の支持が上がってしまう、消えたいのに、消えたいのにっ」

「最悪だ、これは映像として世間に公開できない……自分用としては最高だけど」

ショウマはカメラをもう一度覗き込み、明るさなど微調整しながら悶絶《もんぜつ》しておりました。

「ショウマよ、私用にもあとでダビングしてくれ」

二人ともロイド好きすぎでしょ。

とまぁスタッフではなく、まさかのまさかのメイドでキャストの立場だったこと……そして英雄からかけ離れてしまうほどメイド服の似合うロイドのポテンシャルに「この愛され方じゃない！」とショウマは屋上でむせび泣きます。

「鼻血と涙を拭《ふ》きなさい」

ソウはハンカチーフを彼に差し出して慰めます。

「だってよソウの旦那ぁ……あんまりじゃないか！　執事はどこ行ったんだよ！」

鼻の穴にスッポリハンカチーフを差し込んで鼻血を止めるショウマは鼻声で喚きます。

ソウは冷静に彼を諭しました。

「諦《あきら》めるのはまだ早い、模擬店でのロイド君は後で我々が楽しむためにしか使えないが軍人としての警備巡回などがあるはずだ」

「そうだ！　それがあった！　そっちでちゃんと普通の姿で愛されるロイドを撮影しよう！」

ショウマは鼻にツッコんだハンカチーフをスポンと吹き飛ばすほど喜び興奮しました。

「ではメイド服姿ロイド君の撮影の方はまかせた、素晴らしい映像を後で楽しむとしよう……」

「まかせろソウの旦那！　いやー熱いね！　……うん？　ソウの旦那はどこに行くんだい」

「ちょっと古本屋らしきものがあったんでね」

「古本か、熱いね！　じゃ後で落ち合おう！」

古本屋に大事な用事があるようにソウはゆっくり頷《うなず》くと広場の方に足を運ぶのでした。


一方その頃《ころ》、誘拐された王様はいったいどうなっているのでしょうか。

彼は薄暗い倉庫のような場所で目をつぶり、静かに落ち着いて助けが来るのを待っていました。

こういう場合、騒いだり慌《あわ》てたりして体力が消耗してしまうといざというとき動けませんからね、賢明だと思います。

この危機的状況でもここまで彼を落ち着かせている要素……それは「信頼」の二文字でした。

自分がアバドンに憑依《ひょうい》されて解放されるまでの実に四年以上もの間、元近衛兵長のクロムや娘のマリアは諦めず自分を助けるために模索し続けてくれたこと。

先のジオウとの一件でも様々な助力を与えてくれた部下に士官候補生たち。

彼らへの絶大なる信頼があるから、誘拐犯の機嫌一つで命を失うような状況でも落ち着いていられるのでした。

「いやいや大したお方だ、冗談抜きでね。さすが人の上に立つ器のお方だ」

ザルコは驚くなり何なりのリアクションが欲しかったのでしょう、黙っていられなくなりちょくちょく話しかけています。

置き手紙を置いたり依頼人に進捗《しんちょく》状況を明かさなかったり……良く言えばエンターテイナー、悪く言えばかまってちゃん、ザルコはそんな人間のようですね。

なおも無言を貫く王様。

ザルコは構わず一方的に話し続けます。

「一月以上前から士官学校や中央区に潜伏して調べていたんでさぁ……んでもって誘拐して監禁するのに丁度《ちょうど》いい場所を見つけましてねぇ、こりゃついてるって思ったもんですよ」

「…………」

「この倉庫もう何年も放置気味のようで……士官学校の広場から遠いわ剪定されていない木に隠れているわで、ここに倉庫があること知っている人間も少ないんじゃないでしょうかね」

王様は初めてザルコの言葉に反応し静かに口を開きました。

「だがワシは信じている……軍の部下たちを……士官候補生たちがここを見つけてくれることをな」

強気な王様に対し、ザルコが愉《たの》しそうに笑った次の瞬間でした。

ガキン！　ガラガラガラ――

鍵《かぎ》が外され、勢いよく倉庫の扉が開きます。

そしてその入り口には目の血走ったブロンドの少女が現れたのでした。

絶対見つからないと言った矢先で軍人の登場……ザルコは急な来訪者に驚きを隠せず飛び上がってしまいます。

「な、なんだぁ！」

誰かが助けに来る――そう信じていたであろう王様は急に明るくなった日の射す入り口の方を目を細め見やります。

「おぉ……君は」

呪《のろ》いのベルトをみょんみょんと蠢《うごめ》かせ、颯爽《さっそう》と登場したのはセレンでした。鋭いまなざしに額に浮かぶ汗、方々を駆け回ってここにたどり着いた様子です。

「クロム大佐からの情報どおり何かを隠すにはちょうどいい倉庫ですわね」

手にした資料を見たセレンの言葉に呪いのベルトに憑依したヴリトラが反応します。

「しかし、例の物は見あたりませんね我が主……ぬ？」

「どうしましたヴリトラさん……あ」

二人の視線の先、そこには縛られた王様が横たわっていました。

目が合った王様は笑顔になります。

待っていた、信頼していて良かった、本当は心細かった……等々の感情と共に彼女の名前を呼びました。

「君は！　セレン君だね！　呪いのベルト姫と呼ばれていた士官候補生の——」

さぁ助けてくれ！　君の探していた王様だよ！　と言おうとしたその時でした……

「なんでしょう、空耳ですわ」目をそらすセレン。

「え、えぇぇ!?」

王様はまさに「ガビーン」という効果音が似合うくらいショックを受けます。そりゃね、ガッツリ目が合ったのに思い切り見なかったことにされたのですから、しかも誘拐された身で。チンピラに絡《から》まれているとき警官が横を素通りするくらい悲しい出来事。

しかしセレンの目的は「愛の石像捜索」、王様が誘拐されたなど全く知らないのですから仕方がないといったら仕方がありません。

それに王様に石像が盗まれたことがバレたらいけない、とまで言われているのですから全力でスルーするのもやむなしといったところでしょう。

「どうやらここには石像はなさげですわね」

「では我が主よ、王様に石像の件、気取られぬうちに退散しよう」

「そうですわね、なんか見かけない軍人さんと一緒に何かしてますが」

「きっとイベントの出し物で縄抜けか何かの練習でしょうな」

「ですわね、王様が縛られ監禁されているなんてありえませんもの……ではとっととずらかりましょう」

ヒソヒソ相談していたセレンたちは石像がないと分かるや否《いな》や早足でその場から立ち去ってしまいました。

迎え撃つため懐《ふところ》から刃物を取り出したザルコは相手が何もせずいなくなってポカーンとしております。

そして王様もまた、助けが来たと思ったけど全力で無視されポカーンとしておりました。

ポカーンとしたもの同士、仲良く顔を見合わせ、一緒に首を傾《かし》げるしかありませんでした。

「え？　何？　なんかワシ、悪いことした？」

「それはこっちが聞きてぇよ王様……見つかったことも驚いたがそれ以上に何もしないでどっか行かれてどうしたらいいんだコレ？」

しばらく沈黙が続いた後、王様が何か思いついたようです。

「そうじゃ！　きっと仲間を呼びに行ったんじゃ！　一人じゃ危ないもんな！」

「あぁ！　合点がいったぜ！　なら納得だ！　……え、でもそれあっしに気づかせていいんですか？　さすがに場所移動しますぜ」

「いや、大丈夫じゃ。ワシは部下を、士官候補生たちを信じておる！　どこへ行こうと必ず助けてくれる」

「その割にはさっき捨てられた子犬みたいな目ぇしてましたぜ」

ザルコがそう言いながら王様にもう一度睡眠薬をかがせ眠らせようとしたその時でした。

ガラガラガラ――

再度開く倉庫の扉。

そこには無表情がトレードマークのフィロがぼーっと突っ立っていました。手には例の「隠れヒッキーを探せ」の資料、いやークロムの企画大活躍ですね。

「…………ん」

キョロキョロと表情は真顔をキープしていますが目は何かを探しているらしくものすごい勢いで動いています。

「お、おおぉ！　やはり仲間を呼びに行ったのだな！　にしてはちと早い気もするが」

「クソ！　動くのが遅かった！　どうする……こいつも眠らせるか？」

「フィロ君！　メナ・キノンの妹で武道家のフィロ・キノン君！　こっちだよ！」

フィロは声のする方を見やりました。そして――

「……げ」

とまぁ露骨にリアクションをしてしまいました。無表情が売りの彼女の眉根《まゆね》がほんのり寄っちゃっていますね。

「え？　今「げ」って言った？　なんでじゃ？」

まぁ彼女もセレン同様石像を探してここにたどり着いたわけでして……そこに例によって悟られてはいけない王様とばったり会ってしまったのですから「げ」もやむなしというものです。

「いったい何で⁉　ワシなんかした⁉」

フィロはこの場に石像が無いことだけを確認するとそそくさと立ち去ろうとしました。ロールからの言いつけ「王様を見かけても全力スルー」を守っているようですね。

「……何も見なかった」

「嘘《うそ》だよね！　目合ったじゃろ！　無視はダメでしょ！　仮にも王様よ！　何か言うこととかあるんじゃない⁉　この状況見て！」

フィロはそこまで言われて状況を確認します。

縄で縛られた王様。

見知らぬ軍人がまたがって何かしようとしている。

フィロは思いました。コレは何かのプレイの最中かと……愛のイベントに王様が張り切っていたのは自分の性癖をカミングアウトしたかったから……そう勘違いした彼女は。

「…………ほどほどにね」

と多くは語らずその場から立ち去ったのでした。

「ほどほどって何！　王様のこの状況見てほどほどって何ぃぃぃぃぃ！」

あんた本当に王様か――そう言いたげなザルコの視線など気がつかないほど王様は放心していました。

さて大盛況のメイド&執事喫茶に戻りましょう。

軍人がメイド喫茶をするというインパクトは絶大でお祭り開始から教室は満員御礼。

その盛況ぶりは昼前になってようやく収まってきた模様です……そして結構時間が経過したのに誰も執事がいないことに触れません。まぁロイドのメイド服のインパクトに執事の部分が吹っ飛んだんでしょうね。

ミコナの前に並んでいた罵られたいお客さんの列も少なくなってきました、途切れないのはすごいですね。あとアザミの将来が気になります。

彼女がお客さんの要求でジャンケンのパーを頬に叩《たた》きつけているその裏、自由時間や警備から引き上げてきた軍人たちがぞろぞろと帰ってきました。

続々とロールに報告するその近くでリホが机に突っ伏しぐったりしています。

「もうそんな時間かよ……あぁだりー……手首痛ぇ」

とまぁキッチンでずーっと調理器具を振るい続けてクタクタのようですね。

「メイド服着た意味ありませんどしたなぁ、リホ。大股おっぴろげていると中見えますえ」

あらかた報告を受けたロールはリホをいじります。

「アタシのパンツなんて誰も見たかねーよ。それよかどうだ、ザルコや石像の行方《ゆくえ》はよ」

ロールは困った顔で首を横に振りました。

「収穫ナシや、不審者らしき不審者の目撃情報ゼロ。メイド喫茶にいるお客さんの方がよっぽど怪しいわ」

「それは言ってやるなよ」

それは言ってはいけません。

「まだ昼前とはいえ余裕はありまへん、アンタもメイド喫茶ばかり集中せんと捜索の方も頼むで」

「はいよ」

「頼りにしてるで」

「……はいよ」

ロールはリホの肩を叩くと集めた資料や情報を書いたメモを黒板に貼り付ける作業を始めていきます。

出世欲のためとはいえテキパキ仕事をする姉貴分の仕事ぶりを眺め、過去の感傷に浸っているリホ。

そんな彼女の頬にロイドが冷たい水を注《そそ》いだグラスをくっつけます。

「うおぉ！　ってロイドかよ」

ぼーっとしていたリホにちょっとした悪戯《いたずら》をするロイド、稚気《ちき》あふれる笑みを浮かべています。

「お疲れさまですリホさん、ずーっと火の近くにいて喉渇《のどかわ》きましたよね。お冷やです」

「サンキュ」

リホの横に座るロイド。もうメイド服姿になれたのかスカートが折れないよう畳んでイスに座ります。挙動がもう美少女、違和感がありません。

「いやぁ、疲れましたね。お客さんの熱気というかエネルギーがすごかったです」

「ホントホント、ロイドの魅力のせいだろうなぁ確実に」

びっくりさせたお返しとロイドを茶化すリホ。

彼は顔を真《ま》っ赤《か》にして反論します。

「ぼ、僕だけじゃないですよ。他のみなさんも魅力的ですし、アランさんなんてすごいインパクトですし」

「否定はしない、インパクトだけならピカイチだな、ハハハ」

スカートの裾《すそ》からのびる筋骨隆々の太股《ふともも》を見やり「あれを軍事転用できたら戦争起きても勝てそうだ」なんて冗談交じりで笑います。

「まぁでもフィロとセレンが警備でいなくて良かったぜ、男女問わずみんなが「ロイドきゅんロイドきゅん」って指名する現場を目の当《ま》たり《あ》にしたら一緒になって暴走しそうだもんな……お前トップじゃないか、指名数」

「いえいえ、そんなことないです。指名数は圧倒的にミコナさんの方が上ですよ」

「ありゃ特殊だよ……」

二人は教室を覗いてミコナの様子を窺《うかが》います。

「ミコナさん！　次はジャンケンのパーで俺《おれ》のお尻《しり》をひっぱたいてください！」

「どうしようもないカスね、二度と来るな！」

「ありがとうございます！　ありがとうございます！」

アザミの闇《やみ》がそこにありました。

「都会のジャンケンってこんなパターンもあったんですね……恐ろしい」

「うん、アレは例外だ。ジャンケングーで人殴ったら犯罪だからな」

冷静にロイドが勘違いするのを防ぐリホ、そりゃそうですよね彼のグーパンなんて一般人が受けたら粉微塵《こなみじん》ですから。

ロイドは話題をリホの容姿の方に切り替えます。

「リホさんもホールに出てみたらどうですか？　人気出ると思いますよ」

「アタシが？　んなわけねーだろ」

「そうですかね？　リホさん可愛いし、絶対人気出ると思いますよ」

「はぁ！」

ロイドは「僕の苦労を味わって下さいよ」的なノリでリホをホールに誘ったようですが彼女は思いっきり真に受けてしまったみたいですね。

芸人張りに仰《の》け反《ぞ》ってリアクションをするリホ。

教室の傍らで見ていたロールやアラン、士官候補生たちがその様子をニヤニヤしながら眺めていました。

「いいリアクションだったぞ女傭兵」

「背中こーんなしておりましたなぁ」

「いじってねーで仕事しろよ！　……あぁクソ」

　一気にしおらしくなったリホは足を閉じながら恥ずかしそうにうつむいてます。

　そんな彼女に対しロイドが何か閃《ひらめ》いたようで提案し始めました。

「そうだ、リホさんシフト作ったり機材を用意したりすごい頑張ってもらいましたし、僕がリホさんに何かしてあげますよ」

「はぁ？　何でだよ」

「一年生筆頭としてのお礼です、まぁあとメイド服ですしご奉仕しますよお嬢様」

「う、じゃあ――」

　調子に乗ってリホが何か要求しようとしたその時です。

　いい感じの雰囲気を察したのか、あのコンビが邪魔をしに現れました。

「おっとベルトが何故かリホさんの体に巻き付いてしまいましたわ」

「……………手が勝手にアイアンクロー」

「どわぁぁぁ！　ちょ！　痛い痛い！　特にフィロ、お前洒落《しゃれ》にならんから！」

「…………洒落にならないのはどっちかな？」

「ったく、私がいない隙《すき》に」

「あいてて……お、お帰り二人とも。どうだった何か手がかり摑《つか》めたか？」

「些細《ささい》な情報でもなんでもいいで」

「えーっと……王様が何やらイベントの隠し芸的なのを見知らぬ軍人さんと練習していましたわ」

「……私も見た、隠し芸だったの？　てっきり……」

「てっきりなんですか」

「………ん」

男同士くんずほぐれつのおっさんずラブと勘違いしていた……とは純粋無垢《むく》なロイドの前で言いたくないフィロは「ん」の一言でごまかしました。

「そか、王様に石像の件気取《けど》られんかったら大丈夫や……しかし隠し芸とは、相当楽しみにしとったんやろな」

ロイドはやる気に満ちあふれた顔で立ち上がります、スカートがひらりとなびき中身が見えそうになりましたがセレンが呪いのベルトでガードしたので見えませんでした。

「よし！　次は僕が探す番です！　楽しみにしていた王様のためにも、絶対見つけだして見せます！　じゃ、ちょっと着替えに行きますね」

颯爽と着替えに向かうロイド。

その後ろを平然とついて行くセレンとフィロをリホが咎《とが》めます。

「おめーらはロイドの着替えじゃなくて自分の着替えをしろや！　次はメイド喫茶でお仕事だぞ」

シフトを突き出すリホに涙目のセレン。

「そんなぁ……ロイド様と一緒がいいですわ。私断腸の思いで捜索していましたのよ」

「ちゃんとあとで時間作ってあるから文句言うな」

「…………ん、しょうがない」

その時です、奥の教室――ロイドが着替えていた場所から彼の驚く声が上がります。

「ど、どうしたんだロイドのやつ、セレン嬢はここにいるのに」

「ひどい偏見ですわ」

ロイドが慌てて奥の教室から現れました、服はメイド服のままです。

「ど、どうしたんですかロイド殿！」

「ぼ、僕の軍服がないんです、一年生筆頭の腕章はありましたが……誰か知りませんか？」

「おいセレン、早く出せ」

「ひどい偏見ですわ！　……石像ばかり気を取られていてそっちの方を失念していましたね、残念」

「……リホ、セレンは白だと思う」

犯罪を実行できなかったことを悔いているセレンを見て誰もが思いました。失念してなかったらやってたのかよと。

「まぁ、誰か忘れ物とか勘違いして回収したってのがオチだろうな、しょうがない、その服で警備してくれ」

「えぇ!?」

「店の宣伝にもなるしそっちの方が自然だろ、その格好も自然だし。これメイド喫茶の広告な。なんでもするって言ったよな」

さっきアタシをからかった罰だと言わんばかりのリホ。

ロイドは頬を赤らめてうつむき頷くしかありませんでした。

「しかし……セレンじゃないのならアルカ村長か？」

リホの言葉に可能性はあるとセレンが反応します。

「誰にも気づかれずにやってのけるのはアルカさんですが……レアリティを考えたら真っ先にロイド様のメイド服姿を堪能《たんのう》して堪能して堪能し尽くすと思います」

「……セレンが言うなら説得力ある」

第一容疑者アルカが今どこで何をしているのか、リホはベテラン刑事のように腕を組み考えます。姿はメイド服ですが風格がありますね。

「執事服どうしたんだろう、配送業者さんが間違えたのかな？　あとアルカ村長どこにいるんだろうか、マリーさんと一緒に来るのかな？」


その話題となっているアルカとマリーは今どうしているかというと……

「なんでこんなもん人の家に持ってきた！　捨ててこい！」

「捨てたくても捨てられないんじゃ！　思い出が詰まってて！　ここ一番で断捨離できんのじゃ！」

何とアルカは自分で作った「愛の石像」をマリーの雑貨屋に持ってきていたのでした。

ロイドが朝早くメイド喫茶の準備で家を出たあと、約三メートルもの奇っ怪な石像を担いでアルカが現れ、寝ぼけたマリーは足の小指をぶつけて悶絶、石像を見て絶叫……と盛大に近所迷惑をしていたのでした。

で、こっそり逃げようとしたアルカを捕まえ口論になっていた……というわけです。

「だからってここじゃなくて！　コンロンの村に置いてこいっての！　てかこれ栄軍祭の展示品か何かですよね⁉」

「コンロンの村に置いたら村人みんなに「なんですそれ」って根ほり葉ほり聞かれて、黙ってたら黙ってたで「これ魔除けじゃね」だの「武器じゃね」って考察が始まって……作った本人の前で考察とかワシゃ恥ずかしゅうて恥ずかしゅうて……」

「何ワケの分からないことを言ってるんですか⁉　んもう、恋愛イベントで良いことあるかもと思ったのに、こんな悪趣味で古美術商に売りに行っても逆に処分費用請求されそうな石像を……」

目の前の石像が恋愛イベントの目玉である「愛の石像」とは分からないマリーは滅茶苦茶にこ

き下ろしました、御利益がすっ飛んでいっちゃいますよ。まぁ初めからそんなものは無いのですが。

若干不機嫌になるアルカを無視してマリーは説教を続けます。

「絶対大騒ぎになってますよ！　すぐに返してきてください！」

「だってこんな恥ずかしいもの衆目にさらせんじゃろ、お祭り終わったらしれっと返すで

な……それまでちょっと預かっていてくれ」

「こんな圧迫感あるもん店に置くな！　お客来なくなるわ！」

「もとより来ないじゃろ、それに今日はお祭りに行くつもりじゃろうて……ワシはコンロンで

畑仕事をしてから向かうでな、先に行っておいてくれ」

「まてコラ！　ロリババア！　って……あぁぁぁぁ！　足がつったぁぁぁぁ！」

この前の呪いのルーン文字、まだ効果あるみたいですね。

痛みで転げ回り、そして頭を石像にぶつけてさらに悶絶するマリーをアルカは哀れんだ目で

見ています。

「力を取り戻したルーン文字、強力すぎるのう……っとチャンスじゃチャンスじゃ、ではの～」

アルカは水晶で一旦《いったん》コンロンの村に帰宅、マリーは痛みが引くまで床に突っ伏し泣いていた

のでした。

お昼の鐘の音が、マリーの耳にはむなしく響いていました。

ゴーン……ゴーン……

響くお昼の鐘の音。

そんなお昼時になると栄軍祭はさらに活気づいてきました。

士官学校の敷地からお城の広場には様々な模擬店が軒を連ねており「砲撃部隊の大砲チョコバナナ」や「監査室のクレープ」、「物資輸送班の腹持ちおにぎり」といった軍人たちの自分の部署に合った模擬店が人気を博しております。

模擬店目当てで混雑するその雑踏の中、警備に勤しむ軍人たちは不審者がいないか目を凝らして巡回しています。王国の敷地内が開放されるこの日、不逞《ふてい》の輩《やから》が何かしでかすかもしれないと気が抜けない状況です。しかも石像盗難の件もあり目つきが悪くなるのも仕方がないということですね。

そんな警備の軍人の一人、近衛兵のメナはいつもと変わらない糸目でリンゴ飴を舐《な》めながら行き交う人々を見やっていました。

「さすがに軍人本部のお膝元《ひざもと》でスリとかちっちゃい悪事を働く奴《やつ》はいないみたいだねぇ……それよりも怪盗ザルコか」

神出鬼没の怪盗で変装の名人、その素顔を知るものはおらず、下手したら男か女かも分からない謎《なぞ》の人物。

アラン除隊の声明文を確認できるよう中央区の敷地内に潜伏しているはずとはいえ、顔も性別も分からず見つけだすのは至難の業……メナはそう考えていました。

「とにかく変装とかしていそうな不審な人物を片っ端からマークするしかないか……やれやれ、女優やってる経験がこんな形で生かされるとはなぁ」

とある目的でミーナの芸名で映画の女優をやっていたメナは不審者……特に変装や演技を見破る能力に長けていました。十年以上隠し通した事務員さんのカツラを見抜いた逸話は今や語りぐさになっているほどです。

「そうだ、まーたロクジョウから映画のオファーが来ていたんだっけ。前回のわちゃわちゃしてお蔵入りになった映画を撮り直そうって話……めんどくさいなぁ、風邪《かぜ》引く予定ですって仮病使っちゃおうかなぁ」

じゃあ女優業なんて引退しちゃえばいいじゃないか。

もう目的は果たせたから軍人生活に集中すればいいじゃないか。

わざわざ素性を隠して遠くの国に行って何日も拘束されて大変だし辞めちゃおうよ。

そう自分に言い聞かせるメナですが、ある少年の一言が今でも胸に響いていたのでした。

「――ミーナさんは素敵な方だと思いますよ」

ミーナとして接したロイドにストレートでこんなことを言われた出来事。

その事を思い出す度にメナの心は締め付けられるのでした。

「………ファンに、ああまで言われちゃ辞められないね……っと」

メナが思い出に浸っている矢先、往来がざわつきました。

大騒ぎとまではいきませんが黄色い声交じりのざわつき。

不審に思ったメナは声のする方に向かって歩き出します。

「なんだなんだ？　有名人か何かか……って」

メナの視線の先。

そこにはメイド服姿でロイドが歩いているではありませんか。

恐ろしく似合うメイド服姿のロイドを見た一般客が色めき立っていたのでした。

取り囲まれる彼は困った表情で道行く人に「なんのイベントですか」なんて数メートル歩くごとに尋ねられその都度その都度「士官学校の教室でメイド喫茶をやっています……」とはにかみながら答えていたのでした。

そんな彼は見知った顔――メナを見かけると近づいてきます。

「あ、メナさーん！」

「ろ、ロイド君⁉」

人混みをかき分け近づいてきたロイドは汗で髪の毛が額に張り付いています、ここまで来るのによっぽど体力気力を消耗したのでしょう。

メナはなおもロイドに近寄る一般客を「はいはい、変な目で見ないでね、度が過ぎたら補導しちゃうよ」と追い返し、なんでこの姿でウロチョロしているのかを尋ねました。

「なんでその格好なのさ⁉　気に入ったの⁉　そっちの道行っちゃダメだよ⁉」

あ、マジ説教入っちゃってますね、糸目を開いて女装にハマったと思われる彼を諭すメナ。

ロイドは「違うんですよ」と顔を赤らめながら理由を説明しました。

「実はですね、軍服が無くなっててですね、残っていたのはこの腕章だけです……」

「ちゃんとセレンちゃんは問いつめたの？」

ノータイムで容疑者として浮上する信頼と実績のセレンですね。

ロイドは笑いながら「大丈夫ですよ」と一言添えます。

「……というわけで宣伝もかねてこの格好で警備をしろと言われまして……衣装って書かれた、これくらいのサイズの箱見かけませんでしたか？」

身振り手振りで説明するロイド、メナは首を横に振りました。

「うーん見かけてないなぁ。見つけたら教えるよん……で、メイド服でどったの？」

「メナさんと警備の交代に来たんですよ」

「アハハ、そのかっこ宣伝にはなるけど警備にはなるかなぁ？」

乾いた笑いのメナ、至極まっとうな意見といえるでしょう。

「僕は潜入捜査とかおとり捜査とかそんな感じと受け取りました。軍服着ていると相手が警戒するから逆にありかもって……そう思わないとやってられません」

ロイドの本音チラリ。彼をそこまで頑張らせるのは元々の気質と一年生筆頭の責任感でしょうね。

「まったく商魂逞《たくま》しいなリホちゃんは……でも、別の犯罪が増えちゃうよね」

無垢で可愛いロイドの姿を見てさすがのメナも顔を赤らめました。女の自分から見てもなんだこの可愛さは……と掟破りのメイド姿に身悶《みもだ》えしているみたいですね。

「どうしました？」

「な、何でもないさ……ホント、君はいろんな衣装が似合うね。ロクジョウの映画の時もそうだったしさ」

「あれ？　あの時の撮影にメナさんいましたっけ？」

未《いま》だにメナ＝ミーナと気がついていないロイドは不思議そうに小首を傾げます。

「えっと」

「そういえば後からメナさんがおめかしして来ていましたけどどうしてなんですか？　ちょっと気になります」

こんな時に限ってグイグイ来るロイド、メイド姿で上目遣《うわめづか》いで聞いてくる彼に狼狽《ろうばい》しちゃいます。

その時、雑踏の中から暑苦しい声が轟《とどろ》きました。

「僕！　イン！　アザミ！　いやー何かと思ったらメナちゃんじゃないの！」

「大声出すな、うっとうしい」

「ユビィ！　冷たい！　んー熱気こもる栄軍祭で僕の熱中症を心配してクールな言葉で冷やしてくれてるんだね！　さすが僕の妻兼ボディガード！　僕はそんな君に熱中さ！」

「頚動脈かっ斬ってあげようか？　数秒で体が寒くなるよ」

暑苦しいボイスとクールに物騒なことを言う二人の男女――ロクジョウの王様サーデン・バリルチロシンとその妻ユビィでした。

どうやらお忍びで栄軍祭にやってきたらしくサーデンはティーシャツに簡素なボトム、サングラスといった一般人な風貌《ふうぼう》です。

さて、実はロクジョウ王の娘であったメナは急な父親の来訪に戸惑いを隠し切れません。

「ちょ……お父さん」ヒソヒソ
「えへ、来ちゃった」

「えへじゃないよ！　仮にも王様でしょ……うろちょろしていいの？」

「忘れたのかい？　僕の妻、君のお母さんは優秀なボディガード、そこに惚《ほ》れて求婚した馴《な》れ初《そ》めをさ。安心安全の我が妻ユビィだ」

親の馴れ初め話などお金もらっても聞きたくない惚気《のろけ》を公衆の面前で聞かされそうになりメナは糸目全開で怒ります。

「バカじゃないの？　わざわざ他国まで来て惚気？」

「ユビィ、我が妻ぁ……娘がひどいよぉ」

「ナっちゃん、事実でも名誉毀損《きそん》は成立するから気をつけな」

「遠回しにバカを肯定された！　僕は皇帝じゃなくてキングだけど！」

漫才をする両親にメナは呆《あき》れて嘆息《たんそく》しました。

「はぁぁ……何しに来たのさ」

「何って、そりゃアザミとロクジョウは同盟国だからご招待されたのさ。アザミ王はいなかったから妻とデートさ、そんでもって噂《うわさ》の恋愛イベントで改めてユビィに愛の告白——痛いっアバラっ」

サーデンのアバラにユビィの手刀が見事に突き刺さっていました。どうやら照れ隠しのようですがその度に骨一本折っていては割に合いませんね。

「余計なことは言わない……」

「我が妻ぁ」

「言わなくても……気持ちは分かるからさ」

「わ、我が妻ぁ！」

ユビィはアバラを押さえながらサングラスの奥で涙を流しているサーデンを放置してメナに向き直りました。

「急に来てゴメンね、調子はどうだい」

「ん、ぽちぽちだよ。お父さんもお母さんも相変わらずみたいだね。愛のイベントなんてさ」

いじってくる娘にユビィは仕返しとばかりに話を変えます。

「そっちだってイベントをチャンスだと思っていないのかい？　女の子のお友達と遊び終わったあとロイド君に告白とかさ」ヒソヒソ
「ちょ、ちょっと――」

「あぁ、友達の前ではアレか、ゴメンゴメンお嬢さん、聞き流し――」

ユビィはメイド姿の女の子にほんのり笑みを浮かべて謝りました――が、そのメイド服姿の女の子であろう人物の顔に見覚えがあり彼女は固まってしまいました。

「ど、どうも、女の子じゃなくて男の子でロイド・ベラドンナです。お蔵入りになった映画の打ち上げでお会いしましたよね」

「……………本気でごめんねナっちゃん」

まさかご本人が女装しているなんて思わなかったユビィは心の底から謝罪しました。

「」

母親のマジ陳謝にメナは何も言えません。それどころか言葉を失って顔色も血の気が引いていました。

「あれ？　メナさん？　どうしました、顔色悪いですよ」

ロイドに肩を揺らされメナは正気に戻ります。

「ろ、ろろろろロイド君！　今のはお母さんのじょ、ジョークだからね」

「大丈夫ですよ、こんな姿の僕が悪いんです。ユビィさん、気にしないでくださいね」

「そそそっちじゃなくて！　後半の方！」

「後半？　すいません女の子に間違われた事で頭いっぱいになってよく聞いていませんでした」

女の子に間違われたことばかり頭がいっていて「ロイド君に告白～」の部分が聞き取れなかったロイドは平然としていました。

「なんて言っていたんですか？　なんか娘って言葉が聞こえたような……娘……？　メナさんもしかして……」

「うげ」

「ミーナさんの親戚か何かだったんですか？　そういえば何となく似ている気がしていました！」

「……え」

相変わらずの勘の悪さにユビィもサーデンも苦笑します。

「ミーナさんにお伝えください、またお会いできれば嬉《うれ》しいです、新作映画お待ちしていますって。あぁでもあれか、僕がロイだってのを説明しないと――」

ルーン文字で成長した姿で映画撮影に挑んでいたロイドは色々混乱しているみたいですね。

そして「お会いしたい」なんて言われたミーナことメナは大混乱のまっただ中、目なんてグルングルンしちゃってます。

そして恥ずかしさが頂点に達したメナは、

「ちょ、ちょっと体調不良で警備引き上げるね！　あとよろしく！」

と足早にこの場から立ち去っていきました。

「えーっとメナさんどうしたんでしょう？」

サーデンは笑いながらロイドの頭を撫《な》でました。

「気に病むことはない、サーデンは君ならいつでも家族になることは大歓迎だからね」

ロイドは言っていることが分からず小首を傾げるしかありませんでした。


そんな仲睦《なかむつ》まじい（笑）ロクジョウ国王一家が和気藹々《あいあい》と語らっているところに、外回りで聞き込みをしている外交官のトップが近くにいました。

彼のようなトップ中のトップが聞き込みをしていることに、例の石像の件で調査している軍人は驚きの表情を隠せませんでした。

「やれやれ、私が外で聞き込むことが珍しいのかね……まぁ確かに執務机にかじり付いたり他の国に出向いていることの方が多いが」

思い当たる節のあった外交トップの軍人は尚もすれ違う軍人に驚かれ思わず苦笑してしまいます。

「やれやれ、何度も驚かれるとさすがに辟易《へきえき》するねぇ。こんなの下積みの頃と比べたら楽なものだというのに……外交は一度失敗したら信頼を取り戻すのに死ぬほど苦労するのにさ」

嘆息しながら、彼は若かりし頃を思い出していました。

王様のロクジョウへの外遊に付き添った際、若い頃のサーデンと会った彼は功を焦《あせ》り取り入ることに失敗した過去を……そして現在に至るまで自分やアザミ・ロクジョウ間の信頼回復のため様々な人間に多大な迷惑をかけてしまったこと――

「アホそうなサーデン王子を下に見て、おだてて取り入ろうとしたのが仇《あだ》になったな……下手に小細工など弄《ろう》せず、あのロイド少年のように真っ正面から自分の意見を言えば、また違った形になれたかもしれん」

そう言いながら外交トップの軍人は士官候補生ロイドを思い浮かべます。

真剣な表情に裏表のない発言、上官に忌憚《きたん》ない自分の意見を言える胆力……外交トップの軍人は長年他国や商人などと交渉してきた外交手腕でロイドの真《ま》っ直《す》ぐな人間性を見抜いていました。

「時には彼のような真摯な言葉も必要ということか……っと、今言っても詮《せん》無きことだ、まったくアホ王子が聡明だった事が未だトラウマとはな……おや？」

彼の視線の先。そこには件のロイド少年がいるではありませんか、メイド姿なので否応《いやおう》なしに目立ちます。

外交トップの軍人は何気なく声をかけました。

「やぁロイド少年、調査は順調かね？」

「あ、上官！　はい、現在調査中です！」

敬礼するロイドを見た後、彼と親しげに話していた人物の方を見やります。

「そうかそうか、そしてこちらの方は――」

向き直った瞬間、外交トップの軍人はギョッとしてしまいました。

そこには彼の若かりし頃のトラウマ、その元凶であるサーデンが変装して立っていたからです。

彼のリアクションに昔を思い出したサーデンは変装用のサングラスを外し速やかに挨拶《あいさつ》を始めます。

「あなたはアザミの外交官殿、お久しぶりですね」

「お、お久しぶりですサーデン王……お忍びのところすみません」

「いえいえ、栄軍祭、楽しませてもらっていますよ」

「……」

「……」

一通り社交辞令をすませたサーデンと苦い思い出のある外交トップの軍人。自然と会話が止まってしまいました。

ユビィとロイドはどうしたものかと顔を見合わせ小首を傾げます。

「お喋《しやべ》りなアンタが珍しいね、何かあったのかい？」

「いやぁ、まぁ……」

過去に露骨なおべっかを使われ、慎重に距離をとった人物との鉢合わせとは言えないようで、サーデンは言葉を濁します。

外交トップの軍人も言葉が見つからず動揺していました。

「あの、大丈夫ですか？　顔色悪いですよ」

心配するロイド、彼を見た外交トップの軍人は先ほど自分に言い聞かせていた言葉を思い浮かべていました。

「真摯な言葉、それを言う胆力……」

彼はフッと息を吐くとサーデンに向かって躊躇《ためら》うことなく頭を下げました。

「サーデン王、当時の私の無礼、遅くなりましたが謝罪させてください。まことに申し訳ございませんでした」

外交官のトップともあろう人物が、大昔のことを謝罪する事にサーデンは面食らいました。

「いえ、昔のことですし、もう気にしてはいませんよ……しかし急にどうしました？」

外交のトップである軍人は清々しい笑みを浮かべました。

「今まで謝りたかったのを立場が邪魔していました……謝りたい気持ちに気づかせてくれた、この少年のおかげですかな」

いきなり肩に手を置かれロイドはキョトンとします。

彼の言葉に合点のいったサーデンは満面の笑みを浮かべました、社交辞令ではない本心からの笑顔です。

「なるほど、彼ですか」

その笑顔と「彼」という言葉になにやら含みがあるのを察した外交トップの軍人は何気なく聞いてみます。

「ええ、しかし親しげに話しておいででしたがロイド少年とはどのようなご関係ですか？」

サーデンはロイドに聞こえないよう小声で耳打ちします。

「ここだけの話、娘の婿にしたいくらいですよ」

「なっ……ロクジョウ王国を任すということですか？」

「ええ、ロイド君にはずいぶん助けられました。本人に自覚がないのはちょっとアレですがね。真っ直ぐで良い子なのはお気づきでしょう？　良い王様になると思いますよ」

稚気溢《あふ》れる笑みで冗談とも本気ともつかないことを言ってのけるサーデン。

隣のユビィが口元をつり上げます。

「ま、アンタよりだいぶ良い王様になるだろうね」

「って我が妻！　心を責めないで！」

すがりつくサーデンをうっとうしそうに見つめながらユビィは時計台を見やりました。

「はいはい、そろそろ時間だよ、ロイド君またね」

「おぉそうだな、では外交官殿、またお会いしましょう、ロイド君チャオ！」

騒がしく手を振るサーデン、それを苦笑いしながら見届けるロイドと外交トップ。

去りゆくサーデン夫妻を見送った後、外交トップはおもむろにロイドに尋ねました。

「ロイド君といったな、君は進路や希望の配属先はあるかい？」

「いいえ、まだこれといって……」

「そうか、では外交官などはどうだ？　歓迎するよ」

いきなりの事にロイドは目を丸くして驚きます。

「え？　ぼ、僕なんかがですか⁉」

「新しい時代は打算や腹のさぐり合いだけでなく、君のような人間も必要なのだろう……色のいい返事を期待しているよ」

肩をポンポン叩いた後、外交トップの軍人は楽しげに笑い去っていきました。

「ほ、本気かな……でも進路かぁ、考えないとだめかな……っとまずは警備、そして石像調査だ」

気合いを入れ直したロイドは「愛の石像」調査に本腰を入れるのでした。

サーデンとユビィ、そして外交トップと別れたロイドはメナの警備を引き継ぎます。

しかし引継連絡など一切《いっさい》無く交代したロイドは何をすべきか把握できておらず、ただただ不審者がいないか眺めるしかありません。

そして好奇の視線にさらされ続け困り果てていました。

そんな彼を見て、同じように困っている人物がいます。

「なん……だと……」

はい、ショウマです。警備になれば軍服に着替えるだろう、撮影チャンスだとスタンバっていたのにもかかわらずメイド服姿を継続しての登場に動揺を隠せません。

「どういうこった、まさかあの服が気に入ってしまったのかい⁉　せめて家での趣味にとどめようよ！」

それもそれで難有りだと思いますが。

木の上から様子を見ているショウマはいてもたってもいられなくなったのか木から飛び出しムササビのようにロイドの前に踊り出しました。

いきなりの人影にさすがのロイドもびっくりです。

「うわぁ！　ふ、不審者⁉」

「うん！　常に軍人の心を失わないのは熱いねロイド！」

「しょ、ショウマ兄さん」

「そうだよブラザー！　直に会うのは久しぶりだね」

その人物が知り合いだと分かったロイドは安堵《あんど》で胸をなで下ろします。

「びっくりした……そうだショウマ兄さん！　まだあの人とつるんでいるの？　ソウって人と」

「ん？　ソウの旦那か？　まぁ仲良くさせてもらっているよ」

「ダメだよ兄さん！　変な人と付き合っちゃ！　それにたまには村に帰ってきてよ、みんな心配しているよ！」

ショウマは正座してロイドのお説教をしっかり聞きます。笑顔で。

「ごめんね。時期が来たらちゃんと村に帰るからさ……あと、ソウの旦那はああ見えていい人だから。今は目的のために無理して悪い人間になろうとしているところがあるけど」

「アルカ村長も言っていたよ、ソウって人は危ないって」

「……悩みが深いだけなんだよ、あの人は――ってところで！　その格好だよ問題は！　気に入ったのかい？」

「ち、違うよ！　そんなわけないじゃないか、変な目で見られるし正直困っているんだよ」

そこでロイドは執事服が行方不明なことと自分の軍服がどこかにいってしまったことをショウマに伝えます。

「セレンちゃんの手荷物とかはしっかりチェックしたのかい？」

安心と信頼の容疑者セレンですね。

「きっと誰かが落とし物か何かと勘違いして回収しちゃったんだよ」

ロイドの見解に対しショウマは腕を組み考え込みます。

「セレンちゃんが違うなら第二候補は村長……いや、まだ見ぬ強敵と呼ぶ人間がいるかも知れない、とにもかくにも迅速に回収する必要があるね……」

「あの、ショウマ兄さん？」

考えのまとまったショウマはいい笑顔でサムズアップして固い決意を約束しました。

「安心してロイド！　兄さんがお前のために、お前の未来のために軍服を探し出してくるから待ってなさい！」

「未来なんて大げさだよ、最悪頭下げて新しく下ろしてもらうからさ」

ロイドの言葉にショウマは満面の笑みを浮かべます。

「大げさじゃないさ！　ここでの頑張りは必ず報われる！　君が世界に認められる日は遠くない！　兄さんを信じろ！」

それだけ言うとショウマは風のように去っていきました。

「兄さん！　ってもう……相変わらず自由だなぁ」

去りゆくショウマはタフな笑顔で迷うことなくロイドの軍服探しを始めるのでした。

「そうだ、頑張るロイドが報われる世界でなくてはいけないんだ！　認められる世界でなくてはいけないんだ！　待ってろ！　兄さんが必ず救いがいのある世界にして、真の英雄として未来永劫語られる存在にしてみせるから！」

ショウマが疾風《しっぷう》の如《ごと》く走っている頃。

王様を監禁している倉庫では、そのロイドの軍服を拝借しているザルコが非常に困惑した顔をしていました。

「ねぇ、ワシ本当に王様？」

「知らねえっすよ」

「じゃあ何か悪いことしたのかの？　あそこまで見事にスルーされる理由がないのじゃが……もしかして口臭⁉」

「だから知らねえっての！　こっちが聞きてえよ」

さっきと立場逆転ですね、不安で饒舌《じょうぜつ》になる王様をうっとうしそうに邪険にするザルコ。

王様同様、彼もまた疑心に駆られていました。

（どういうこった、王様を見つけたのに完全にスルーしやがった、立て続けに二人だ……そしてそれから音沙汰がない）

フィロが去ってから逃げる準備をしていても一向に包囲される気配が無くザルコは困惑しています。

（相手の動きを見てから逃げようとしたが動きが全くないんじゃ逃げにくい……こんな経験初めてさ、やるじゃないかアザミ軍）

とまぁ動きの読めないアザミの軍人たちをほめたたえるザルコでした。実際は王様が誘拐された事実すら認識していないだけなんですけどね。

なおも語りかける王様を無視しながらザルコは考え込み――一つの結論を導き出しました。

（そうか！　こいつ！　影武者か！）

またとんでもない勘違いに着地しましたね。

しかし一度そう思ったら何でも都合良く脳内で辻褄《つじつま》を合わせてしまうのが人間というものでして……ザルコもまた、納得いくよう解釈していきます。

（そうだよ！　そもそも警護に誰一人いなかったし、誘拐されたのにあそこまで落ち着いた様子を見せていたのがおかしいと思ったんだよ！　このおっさんは影武者の仕事を全うしているにすぎないんだ！）

「ねぇ、聞いてる？　王様の話？」

（そして自分が影武者だとバレそうになった途端、口の端《はし》に泡を溜《た》めるくらい喋り出しやがった！）

「ねえってば」

（そしてさっきの軍人二人は俺の居場所を確認して……そうだ！　影武者諸共始末する気だな！　爆弾か何かで！　なんて国だ！）

最終的に影武者諸共爆破というとんでもない国に認定されたアザミ王国。

話題のいちゃウザ
ドラマCD付き特装版！
見逃すな!!
注文予約締切
5/8金
GA文庫
友達の妹が
俺にだけウザい5
ドラマCD付き特装版
著＊三河ごーすと　イラスト＊トマリ
GAノベル
魔女の旅々13
設定資料集付き特装版
著＊白石定規　イラスト＊あずーる
注文予約締切
6/5金
旅の魔女が綴る、
「別れ」の物語13弾
2020年
TVアニメ化決定!!
2020年
7月15日頃発売予定

異世界スローライフ物語、
ついに
TVアニメ化!!
注文予約締切
8/14 金
GAノベル
スライム倒して300年、
知らないうちに
レベルMAXになってました14
ドラマCD付き特装版
著・森田季節　イラスト・紅緒
注文予約締切
8/14 金
GAノベル
魔女の旅々14
ドラマCD付き特装版
著・白石定規　イラスト・あずーる
アニメも大注目の物語
ドラマCD付きを見逃すな!!
2020年
10月15日頃発売予定

その超武闘派扱いされた国の王様は涙目です。

「王様の話聞いてよぉ」

「くそう！　騙《だま》されんぞ偽者が！」

「え、ちょ！　えぇ！　誘拐した本人が何言ってんの！」

「そうやって爆破にあっしを巻き込もうってんだろ！　この道十数年のプロの目は誤魔化《ごまか》せねぇぞ！」

「え？　爆破？　なんで爆破⁉」

錯乱状態のザルコにいきなり爆破なんて言われて王様もびっくりです。

そしてザルコは身支度を整えると倉庫から出ていこうとします。

「ちょ、ワシを置いてどこ行くの⁉　人質だよ！」

「へ、ごめんだね。おまえと一緒にいたら命狙《ねら》われちまう」

「王様誘拐しておいて命狙われる可能性考えてなかったってどういうこと⁉　――ムグ！」

うるさい王様に猿ぐつわをはめ、ザルコは「これ以上影武者に付き合ってられるか」と踵《きびす》を返し倉庫から出ていきました。

「ムゴーォォォォォォ！」

王様は「え、放置⁉　なんで⁉　おまえもスルーするの⁉　ちょっとぉぉぉ！」と猿ぐつわの下で絶叫します。

倉庫内に反響する王様のくぐもった声。

外に出たザルコは頭を掻《か》きながらどうしたもんかと思案します。

「あっしとしたことが影武者をつかまされるとは……アザミ王国、侮っていた」

うっとうしそうに太陽を見やる彼はしばらくしてある決断をしました。

「本物を誘拐するしかないか、軍人の様子を窺って居場所を割り出して……やりがいあるねぇ」

かくして後ろに本物がいるにもかかわらず「本物の王様探し」を始めるザルコ。

そんな彼にさらなる苦難が立て続けに起ころうとは、当の本人は知る由《よし》もないのでした。


そしてショウマと別れ、メイド服姿のまま警備を続けるロイドは途方に暮れていました。

「うーん、不審人物って言われてもなぁ」

ロイドが困るのも無理はありません、ロイドの格好が格好なので行き交う人間そのほとんどが好奇の眼差《まなざ》しを送ってくるので不審者とかよく分からなくなってくるのです。

「やっぱり動いて石像を隠していそうな場所を探すしかないか……あと皆の執事服も僕の軍服も見つかればいいんだけど」

「……………………ん」

「っ！　うわぁ！　ふぃ、フィロさん⁉」

いきなりロイドの背後に現れたのはメイド服を着たフィロでした、先日アスコルビン自治領での修行で覚醒《かくせい》してどうも身体能力と気配を消す才能に磨きが掛かった模様です。

フィロは例によって表情一つ変えずロイドの方を見やります。

「…………同感」

「同感ってどうしたんですか？　メイド喫茶の方はどうしたんですか？」

「……材料が足りなくなったので買い出し……そしたら師匠《ししょう》を発見」

両手の買い物袋を見せつけるフィロ。

「……それより動くのに賛成」

「あ、やっぱりフィロさんも石像探しの方」

「……それもある」

「それもですか？」

「……一緒に栄軍祭を回りたい」

そしてフィロはガシッとロイドの腕を組みました。

「ちょっとフィロさん？　いきなり腕を取って……この格好で組技の修行ですか？」

「…………うーむ」

そうじゃないんだけどな。と言いたげなフィロは無言でロイドを模擬店に引っ張っていきました。

メイド二人が腕を組んで歩くという眼福状況にざわつく大通り。

「フィロさん、石像探しじゃないんですか？」

「……師匠は少しリラックスした方がいい……一年生筆頭の立場になって張り切っているのは分かるけど……慌てている」

核心を突かれたロイドは押し黙ってしまいました。

「……それに、こうして自然にしていると相手はボロを出すかもしれない」

「そうですね、少しお祭りを見て回りましょう、その方が自然ですし何か見つかるかもしれません」

フィロは静かに頷くとロイドの腕を引っ張ります。

「でもここまで密着するのは自然じゃないような気が……」

「………おなかすいたね……あそこ、何か繁盛しているから行ってみようか」

「ちょ、フィロさん」

「……自然に自然に」

とまぁ自然を連呼して腕組みをキープするフィロ。策士ですねぇ。

ロイドも反論できないまま模擬店の方に向かいました。

しばらくすると雑踏に混じって粉物を焼いている音が聞こえてきました。

次いで、人とすれ違う度に香ってくるソースや青海苔の香りに甘味の匂《にお》い……

楽しそうな声と相まってそこにいるだけでウキウキさせるような、お祭りの空間がそこに広がっていました。

「おいしそうな匂いですね」

フィロは無言で頷きます。

その返事の代わりに、彼女は腹の音を恥ずかしがる素振りもなくロイドに聞かせます。

「……辛抱たまりません」

素直なフィロにロイドは苦笑交じりで屋台を指さします。

「じゃあ行きたい場所選んでください、僕自分のことで精一杯で模擬店に何が並んでいるのかチェックしていないんですよ」

「……それはもったいない……お任せあれ」

フィロは懐からパンフレットを取り出すとロイドの前に広げました、赤でたっぷり線が引いてあるのを見るに相当楽しみにしていたみたいですね。

「……気になるのはここでしょ」

フィロが指さすのは「物資輸送班の腹持ちおにぎり」と呼ばれる模擬店です。塩気の効いた具沢山のおにぎりは子供の顔ほどある一品です。

「うわぁフィロさん、よく僕が気になりそうなお店分かりましたね」

「……そりゃもちろん、がんばって調べた」

「調べたんですか」

「…………好きな人のことだもん」ボソリ

小さく、雑踏に掻き消されそうなほどの小さな言葉ですがロイドの耳にはかすかに届いたみたいです。

「え？　はい？　好きな人？」

届いたけれども意図までは分かりかねない模様でロイドは思わず聞き返してしまいます。

「…………もう一度言う？」

顔は真顔のまま、しかしハッキリと紅潮しているフィロの頬。

その熱を帯びた視線は明らかに潤んでいます、きっと緊張と不安でいっぱいなのでしょう。

このタイミングでこんなこと言っていいのか。

しかし、諦めることが自分にとっての害悪と修行で学んだフィロは悪い考えを精一杯吹き飛ばしもう一度同じ言葉を口にしようとしました。

「…………す――」

「ヌハハ！　こんな所で会うとは奇遇だな！　久しぶりの再会に虎の腹直筋も色めき立っておりますぞ！」

フィロの決心を野太い男の暑苦しい声がかき消しました。

二人の視線の先には――ブーメランパンツに舞踏会なマスク、そして翻《ひるがえ》したマントの下に

うごめく筋肉をこれでもかと盛った四十代……アスコルビン自治領のタイガー一族の長、タイガー・ネキサムが尻と太股を強調して再会の挨拶をしてきました。

メイド服の二人に話しかける半裸の男……問答無用の職質シチュエーションですね。

「あ、タイガー・ネキサムさんお久しぶりです」

「おお、ロイド少年！　相変わらず鍛えているか！」

「はい、弱い自分なりに頑張って鍛えています！」

「ヌハハ、エアロで空とか飛べるのに相変わらず自覚のない少年だ！　だがそこがよい！　どんどん自信つけて友人として自慢できるくらい一角《ひとかど》の男になってくれよ！　……して、フィロ・キノンよ、どうした？　我が輩《わはい》を倒した君らしくないしょぼくれた顔をしているな」

「…………別の意味で無自覚な男」

そりゃほぼ告白同然の言葉を尻で邪魔されたようなものですからね。無表情のフィロですが怒っているのが伝わります。

「無自覚？　そうか！　我が輩のハムストリングは無自覚に魅了する領域に達していたのか！　まさに無自覚筋肉の無意識魅了！」

相変わらず人の話を聞かない四十代はひとしきり筋肉を見せびらかした後二人に問いかけました。

「おっと、ところでその格好は？　確かにスカートはハムストリングを強調するのにもってこいの服装だが、だったら我が輩とお揃《そろ》いのショートタイツをお勧めするぞ」

「………メイド喫茶の模擬店をしている」

「おおそうか！　そして今は自由時間というわけだな！　デートを邪魔して悪かった！」

「いやだなネキサムさん、デートじゃなくて警備ですよ」

「………二人とも無自覚すぎる」

　臆面もなくデートと言うネキサムと否定するロイドに不意をつかれたフィロは久しぶりに表情筋を動かし困った顔を見せました。

「ではお詫《わ》びといってはなんだが飯を奢《おご》ってやろう！　ついてこい！」

　ネキサムは尻で二人を誘導します。

「……どこへ？」

「決まっておる、我が輩の模擬店だ！　いや、正確には……我が輩たちだがね」

　ネキサムの指さす方、そこには黒山の人だかり、そしてその中央には――

「有機キャベツたっぷり焼きそばお待ち！　うちの村で採れた小麦粉とキャベツの相性は抜群だ！」

　フンドシに鉢巻き姿で小手を振るうメルトファン元大佐が元気に焼きそばを振る舞っていました。

「め、メルトファン元大佐」

過去魔王にそそのかされその責任をとってコンロン村の農作業に従事したメルトファン元大佐。今ではすっかり農民が板に付きついこの前アザミの農業特別顧問として復活した彼はＯＢとして模擬店を開いているようですね。

「あの日以来、真の筋肉は農業によって培われると悟った我が輩はメルトファンの兄貴の補佐として日々地域を回っているのだ」

マントを脱ぎメルトファンとお揃いの鉢巻きを締めるネキサム。お祭りの雰囲気のおかげで違和感が和らいでいますが焼きそばでほぼ全裸な姿になることにフィロはツッコみます。

「…………脱ぐ意味ないよね」

「ま、まぁフィロさん。そこは自由ですので」

二人の会話が聞こえたのかメルトファンが気が付きこちらに近づいてきました。

「久しいな二人とも、元気そうでなによりだ」

「お久しぶりですメルトファン元大佐」

「…………お久しぶりです」

二人のメイド服姿を見てメルトファンはちょっとだけ顔をしかめました。

「その格好は……クロムの奴、お祭りだからと指導に手を抜いたな、おそらくリホ・フラビンが金儲けに走ったためだろう」

ズバリ言い当てるメルトファンにロイドとフィロは思わず拍手します。

「全く、お祭りだからといって羽目を外しすぎない服装と振る舞いを忘れるんじゃないぞ」

「………おー」

　フンドシ姿の男に言われていまいち納得のいかない二人でした。


　さて、その様子を遠くから観察している男がいました。

「妙な組み合わせだな」

　ザルコです。影武者をあてがわれたと勘違いした彼は本物の王様を探している途中で元大佐のメルトファンを目撃し様子を窺っていたのでした。

「アザミ軍きってのタカ派、メルトファン・デキストロとおそらく士官候補生の人間であろう人間が接触していやがる」

　しかもメイド服で変装までして……と、その遠因を作ったのが軍服を盗んだ自分自身とは気が付かないザルコは訝《いぶか》しげに見やっていました。

「フンドシにメイド服……しかも屈強な男、こいつも軍人か？　おそらく変装して情報のやりとりをしているんだろうねぇ……ちょいと近づいて聞いてみますか」

　ザルコは気配を消すと草むらの横を忍び足で移動しメルトファンたちのすぐ側《そば》まで近寄りました。

（はてさて、いったいどんな会話なんでしょうかね）

聞き耳を立てるザルコの横でメルトファンとロイドはコンロンの村について語っていました。

「コンロン村の先輩としてサタンさんの様子はどうですか」

「私よりすぐ馴染《なじ》んだよ、まお……人間ではないのでな……ただ――」

「ただ？」

「やたら人間くさいというか、元々人間であったような気がしてならないんだ」

「サタンさんが、人間？」

「あぁ、そのことを村長に尋ねたがどうにもはぐらかされてな。今日のお祭りにも来るとか言っていたが機会があったら聞いてみよう」

さて、突拍子もない会話を聞いてザルコは――

（なんだぁこりゃ？　なんかの隠語か？　コンロンとかおとぎ話の村の名前だぞ？）

と勘違いをしました。コンロンの村人としては至極まともな会話なのですがそう思えないのも無理からぬ事ですね。

聞き耳を立てているザルコはさらに会話に集中します。

メルトファンと会話するロイドをフィロはぼーっと眺めていました。

おそらく先ほどの告白一歩手前の台詞《せりふ》のことを思い出してやきもきしているのでしょう。

「なに雰囲気に流されているんだ」とか「言っちゃえば良かったのに」とか色々な思いが押し寄せているのかもしれません。

完全に乙女《おとめ》モードのフィロ。

その様子に気が付いたネキサムは僧坊筋を盛り上げながら彼女に耳打ちをするのでした。

「ほう、その顔……今日、告白でもするのかな」

「………っ！」

いきなり芯《しん》を食う発言をされたフィロ。

彼女はキャラに似合わない顔をしてしまいます。

「はっはっは、なーんて冗談だ！　タイガー☆ジョーク！」

「～～～～～～！」

表情に出すことが下手なフィロは、そのやり場のない感情を拳《こぶし》に乗せてネキサムを思わずぶん殴っていました。

アスコルビンで己《おのれ》の内と対話したフィロは精神的強さと同時に乙女の心を自覚したみたいで……ま、パンチ力が割り増しになったと思っていただければ。

「ヌッハァ！　なぜ殴った⁉」

見事なアッパー。宙に浮く筋肉ダルマの四十代。

自分の不用意な一言で殴られたと思えないネキサムは狼狽しながら自由落下し、そのまま草むらへ尻から突っ込みました。

——ザルコの真上に。

「え？　なんであの女は筋肉男を殴った……え？　高い？　え？」

一連の流れがよく分からずぼーっとネキサムが打ちあがる様子を眺める形となったザルコ。

あれよあれよという間にザルコはネキサムの尻の下敷きになってしまいました。

「うぎぃ！」

「ヌッハァ！　いきなり攻撃とは驚いたぞ、だが！　我が輩の柔軟性に富んだ尻で着地しノーダメージだ！　……うん？」

ヌハヌハ言っているネキサムはしばらくしてから尻の下でうごめくザルコに気が付きました。

「し、尻が顔面に……酸っぱい……臭い……」

「おぉ、これはすまんな軍人さん、お怪我《けが》は？　医務室まで行くかな？」

顔面で肉厚的なヒップアタックを食らったザルコの目は死んでいました。

肉体的なダメージはともかく、精神的ダメージは計り知れないザルコ、よろめきながら立ち上がるとネキサムの誘いを拒否しました。

（こ、この野郎！　あっしの気配を察したのか急に殴られる茶番で自然を装って俺にヒップアタックをかましやがった！　そして何食わぬ顔で医務室に連れて行くと称して連行する気だな！　怪しき者はすべて連行するつもりか！　これが貴様等のやり方かアザミ王国！）

ザルコは言葉少なに「大丈夫です」と言いその場を脱兎《だっと》のごとく去っていきました。

「どうかしましたネキサムさん」

「おぉ、ロイド少年、どうやら軍人さんを尻の下敷きにしてしまってな、謝ってる最中になぜか逃げてしまったよ」

「………そりゃ逃げる」

「そうですか、フィロさんどうしてネキサムさんを殴っちゃったんですか？」

「ちょっとした冗談であそこまでの攻撃……やはりアレか！　機能的になり始めた我が輩の筋肉を見て、武道家として血が騒いだんだろう！」

「そうだったんですか、いくら戦いたいからって不意打ちはダメですよフィロさん」

「………やっぱ無自覚はツライ」

乙女回路が備わってロイドの朴念仁ぶりに呆れるフィロは思わず頭を押さえたのでした。

「………でも、必ず攻略してみせる」

壁は高くとも必ず認めさせてみせる、武道家としても恋愛対象としてもロイドに意識してもらうと誓ったフィロでした。

「なにを言うかフィロよ！　お主は一度我が輩の筋肉を攻略したではないか！」

こいつとは一生、話がかみ合わないと思ったフィロは無言で焼きそばをすすりネキサムを無視するのでした。

そしてメルトファンに呼ばれ焼きそば作りを手伝いに行くネキサムと入れ替わりで、ロイドとフィロのところに彼らの見知った若者が近づいてきました。

中肉中背で貴族風の衣装を身にまとい、顔つきは少し頼りなさげなタレ目、デザインパーマなのか元々の髪質なのか絶妙に分からない感じの癖《くせ》っ毛の男。

彼を見た瞬間、ロイドの表情がパッと明るくなりました。

「あ！　サタンさん！」

「おや？　おぉロイド氏、久しぶり……って何だその衣装は」

メイド服に動揺するサタン。あまりの嬉しさにロイドははしゃぎながらサタンの手を取りました……どう見ても事案ですねぇ。

「………ジー」

フィロは焼きそばをすすりながら、その事案現場を眺めていました。

「ちょっと待ったロイド氏、色々問題ありだぞその姿は！」

「あぁすいません説明もせず……僕の師匠であるサタンさんが来てくれてつい嬉しくなっちゃいました」

師匠と呼ばれサタンは困ったような、照れたような顔でロイドを見やっていました。

ユーグの陰謀に巻き込まれこの世界で「夜の魔王」として活動していた彼は、つい最近まで自分が人間であることを思い出せず、成り行きでロイドを自分の眷属《けんぞく》とするため鍛えてすっかり懐《なつ》かれた……という経緯があります。魔王っぽい立ち振る舞いは無くなり、今ではすっかり気のいい兄さんといった感じの人外です。

サタンはロイドとフィロを交互に見て何となく察しました。

「模擬店がメイド喫茶になった……ってことで合ってるかなフィロ氏」

「……イエス」

あまりの俗っぽい模擬店にサタンは乾いた笑いが出てしまいます。

「おそらくリホ氏だろうな……世界がどうなっても俗物に徹した物が一番儲かる……世知辛《せちがら》いねぇ」

頭をボリボリ掻きながら呆れるサタンは並んでいる二人を見て再び何かを察します。

「ありゃ？　お邪魔だったかな？」

ロイドは即座に首を横に振りました。

「いえいえ、そんなことはありませんよ！　お忙しいところ来てくれて嬉しいです！　サタンさんは僕の師匠ですから！」

サタンは困った顔をフィロに向けました。

「ハハハ、大変だねフィロ氏も」

フィロのロイドへの好意を何となく察しているサタンは彼女に同情のまなざしを向けました。

「…………ん」

彼女は万感のこもった「ん」の一言を返し、ほんのり呆れた顔でロイドを見やるのでした。

そんな気持ちなど分からない「可愛い朴念仁」というジャンルを突き進むロイドはサタンに

尋ねます。

「ところで、サタンさんは今来たんですか？」

「あぁ、ついさっきさ。朝はアルカ氏に変な物を村から運ぶのを手伝わされてね」

「……変なもの？」

「ずいぶん禍々《まがまが》しいやつだったし、魔除けか何かだと思うんだ。それをマリー氏の家に運ぶのを手伝って……そのまま町を見学して、今ここに来たんだ」

「そうでしたか、大変でしたね」

労《ねぎら》うロイドにサタンは慣れた口調でした。

「まぁ、昔から無茶振りには慣れているんでね。アルカ氏だけでなく所長もひどかったなぁ……ゲームの片手クリアやノーセーブの動画を編集しろとか……」

昔をしみじみ語るサタン、フィロは首をひねりました。

「……のーせーぶ？」

「っとゴメンねフィロ氏。分かんなかったよね」

このファンタジーの世界にないゲームの話をしてしまい申し訳なさそうにするサタン。

その時です、ロイドが何かを思い出したのか「アレ？」と口にしました。

「どうしたロイド氏」

「ノーセーブ……ゲーム……どこかで聞いた覚えが」

サタンは驚きロイドの肩をグワッと摑んで問いただします。

「ど、どこで聞いたんだい⁉　所長がいればあの時何が起きたのか、世界を戻す切っ掛けが摑めるかも知れないんだ！　些細なことでいいから教えてくれないか⁉」

「さ、サタンさん、揺らさないでください……」

勢い余ってグワングワン肩を揺すってしまったサタンは気持ち悪そうなロイドに気がつきバッと手を離します。

「あ、す、すまない」

「……事案発生」

「ちょっとフィロ氏⁉　……いや本当にゴメンね」

落ち着きを取り戻したサタンは再度ロイドに陳謝しました。

「……どうしたの……サタンさん」

サタンはバツの悪そうな顔をすると頭をボリボリ掻きながら言葉を選び答えます。

「いやぁ、その言葉をよく言う人物を今探していてさ。ちょっとした心当たりでもあったら教えて欲しいんだ」

ロイドはこめかみを押さえながら必死になって思い出そうとします。

「えーと確か、自治領のトイレで会った人が……」

「トイレ？　ちなみにその言った人は女性だよね」

「え、ええ。暗がりでよく見えませんでしたが」

「相変わらずわけの分からん人だな……自由すぎる女神ってトニーの奴は笑っていたっけ……っとゴメンねいきなり」

ロイドはゆっくりと首を横に振りました。

「いえ、いいんですよ。それと、僕たちそろそろ行きますね、ちょっと忙しいので……ちゃんとおもてなしできなくて申し訳ないのですが」

「……ん」

「二人とも気にしないでいいよ。しかし軍人さんがどことなく慌ただしいけど、どうしたんだい？」

ロイドとフィロは顔を見合わせると今起きている事件についてサタンに話しました。

「実はプロフェン王国の――」

石像が怪盗ザルコに盗まれた。そう最後まで聞いたサタンの顔が曇ります。

「石像……だと……」

「……今朝《けさ》……消えるように盗まれた」

「今朝……石像……アルカ氏が慌てて持ってきたアレは……まさかなぁ」

「どうしましたサタンさん」

「ん？　あぁ、ちょっとね。その石像探し俺も手伝うよ。ちょっと気になることもあるしさ」

「……オス……あざます」

サタンは手を振るとそのまま中央区の外へと向かうのでした。

「いやまさかあんな物が「愛の石像」なわけないし、アルカ氏が回収する意味も……でもアレしかないよなぁ」

そのまさかとは、例の石像の全貌《ぜんぼう》をみたサタンからはにわかに信じられないのでした。

「だって愛の欠片《かけら》も感じないガラクタ一歩手前の石像だもんなぁ」

……アルカは泣いていいと思います。


フィロ、ネキサムそしてメルトファンとお祭りを楽しんでいた？　ロイドは焼きそばをすすりながら周囲を見回しています。

「うーん草の中で石像を捜索していた軍人さん以外に変な人はいないなぁ」

あ、やっぱ気が付いていたんですね。怪盗ザルコを華麗にスルーしたロイドはなおも警戒を続けています。

その時、木々をピョンピョンと飛び交う怪しい人影が――妖怪でしょうか？

「うん？　いったい何者――ってアレは！」

「ロイド様ぁぁぁ！　こんな所にいましたのぉぉぉぉ！」

セレンでした。まぁ妖怪の類《たぐい》に違いありませんね、この時間でも仕上がっています。

メイド姿で仕事場から抜け出してきたであろうこのお方は見つからないようムササビのように飛び回り謎の嗅覚《きゅうかく》でロイドの居場所を探り当てた模様です。

シュタっと華麗に着地しラグビー選手も真っ青《まさお》の低い姿勢のタックルでロイドめがけて突っ込んできます。

完全にメイド服姿のロイドのスカートに潜り込む気満々のストロングスタイルセクシャルハラスメント。

そんな彼女を見切ったフィロが瞬時に間に割って入り片手で止めてみせました。

「さ、さすがフィロさんですわ」

「……セレンも……まだ諦めず足を回転させているのは……賞賛に値する」

プロのアメリカンフットボーラーが如く足の回転を止めないセレンのタックル。

腰元の呪いのベルト、ヴリトラが呆れた声を上げます。

「我が主よ、足を止めて用件を伝えねばいかんのでは？」

ヴリトラの声を聞きセレンはタックルをやめてフィロに向き直ります。

「おぉっと、そうでしたわ！　フィロさん、あなたに言づてですのよ」

「……私？」

「そうですわ！　先ほどあなたのお父様とお母様がいらっしゃいましたわ」

「………あぁ、そういえば来るって言っていた」

フィロは思い出す素振りを見せます。

「王様に挨拶してからあなたの所へ向かおうとしていたそうなのですが、王様がいらっしゃらず手持ちぶさたのようですわ、石像の件もあり相手をする方がいないので是非あなたが対応してほしいとのことですわ」

「………お父さんだけだったらめんどくさいからパスだったけど……お母さんもいるんだ」

フィロはしょうがないなと頭を掻くとロイドの方を向きます。

「……じゃ、師匠行ってくる。楽しかった」

「ご安心なさいフィロさん！　ロイド様を楽しませる役目は私が引き継ぎましてよ」

「……全然安心できない」

「さぁさぁお急ぎなさい、泣いてましたよあの王様は」

サーデンの泣いている姿が容易に想像できるフィロは苦笑いをします。

「………あのアホダンディ」

後ろ髪を引かれる思いをしながらフィロはお城へと向かっていったのでした。

そしてセレンは「邪魔者はいなくなりましたわ」と満面の笑み……角度を変えてみると悪魔の微笑《ほほえ》みとも見て取れる笑顔をフィロの背中に向けていました。

「さぁさぁロイド様！　フィロさんだけではなく私とも一緒にお祭りを回ってくださいな」

「え、ちょっとセレンさん……僕まだ警備の時間で、だから石像や怪盗ザルコを探さないと。ていうかセレンさんお店戻らなくていいんですか」

「私の人生はいつでも自由時間ですのよ」

きっぱり言い切るセレンにロイドは「あ、何言ってもダメだ」と察し振り回される覚悟を決めたようです。

「分かりました、遊びに付き合いますけど本命の目的は忘れないでくださいね」

「なるほど、フィロさんは遊びで私は本命と」

都合良く変換する脳内フィルターを持っているセレンにかかればこの通りです。

「単語の掻い摘《つま》み方変ですよセレンさん！　石像と不審者探しです！」

ツッコみに回らざるをえないロイドに対しセレンは屈託《くったく》のない笑顔を向けます。

「分かっていますわ、「あの時」と同じですわね」

「あの時？」

「レイヨウカクでのデートですわ！　昏睡事件の手がかりを探しながら、お見合いデートをしていたではありませんか」

「そ、そうでしたね。覚えています」

「私も昨日の事のように覚えていますわ……だって初デートでしたもの」

セレンは言い終わると同時にぎゅうっと腕を絡めます。

「せ、セレンさん」

「あら、フィロさんとは手を組んで私とはダメと？」

「いえ、そのそういう事じゃなくてですね……前回もデートと称して事件の手がかりを追っていましたね……でも結局、何の手がかりも見つけられずリホさん頼りになってしまった記憶が……」

「そんな都合の悪いことは忘れましたわ！　さぁ行きましょう！」

もはや無敵の人状態のセレンに腰元の呪いのベルトヴリトラが敏腕マネージャーの如く謝罪します。

「すまんなロイド少年、我も捜索を頑張るので……この子のわがままに付き合ってやってくれ」

ロイドははにかみながら頷くとセレンに誘われるがまま別の模擬店へと連れて行かれました。

セレンに導かれたお店、そこは――

「諜報部の占い館？」

相性占いや手相占いを行っている諜報部の模擬店のようでかなりのカップルが並んでいました。

「そうですわ！　長年諜報活動を行っていて人を見る目に長けている軍人さんの占いです！　生年月日からだけでなく人相や統計学、心理状態から相性を導き出しその的中率は九割を超えセレンがそんな豆情報を伝えた瞬間、泣きながら出てくる女性と慌てる男性のカップルが出てきました。

「ただまぁ本職は軍人なので歯に衣《きぬ》を着せぬ物言いだけが玉にきずとのことですわ」

「九割！　すごいですね！」

るとのこと！」

「そんな！　信じていた私がバカだったわ！」

「待ってくれ！　人相や心理状態なんかで僕が金目当てで君と付き合っているとか分かるわけがない！」

「いいえ！　薄々感じていたわ！　財産目当てだって！　確かにデートに誘っても都合が悪い日ばかり！　たまにそっちから誘ってくれたと思ったら金の無心！」

「待って！　確かに僕はお金に困っているけどそれをひっくるめて僕なんだ――」

歯に衣を着せぬ以前の問題ですね、もはや興信所の身辺調査レベルの占いに並んでるカップルの一部の男性はどことなく怯《おび》えている感じがします。

「占いなんですか本当に」

「今のは例外でしょうけど……あら？」

占いの館周辺に見知った顔が立っていました。

「コリン大佐？」

誰かを待っていたのでしょうかコリンは声をかけられ勢いよく振り向きます。

「遅かったやないか――ってなんや君たちか」

「どうしたんですかコリン大佐？　もしかしてここに不審者がいるんですか？」

「あーいやちゃうねん、捜索はしているんやけど元々約束があってな……」

実に歯切れの悪いコリンに無垢なロイドが質問します。

「約束ですか？　どなたと？」

「えーあーいやー……」

「待たせたなコリン」

声のする方を振り向くと、そこにはちゃんとテント地のボトムと白のティーシャツを着たメルトファンがそこにいました。

「メルトファン大佐！」

メルトファンもロイドとセレンを見ると目を丸くします。

「ロイド君また会ったな、しかしいったいここは何の模擬店だ？」

よく知らないらしくメルトファンは占いの館をじっくり見やっています。

一方バツの悪そうな顔のコリンは状況を説明しようかどうか迷っていました。

「えーとな……あーと」

セレンは色々察したらしくまるで友達のようにコリンの肩を叩きます。

「ウフフ、分かりますわコリン大佐。私と同じ、占いたいのですわよね――」

声には出しませんが「恋の」と唇で伝えるセレンにコリンは顔を赤くしてうつむきます。

「バレバレか……てことはセレンちゃんも目論見は一緒やな」

「ええ、ここで運命の人とバシッっと宣言してもらって「もうセレンさんしか結婚できない」と言い聞かせていただいて即入籍するつもりですわ」

俗に言う洗脳ですね。

そこまで考えの及ばない常識的範疇《はんちゅう》のコリンは呆れながら自虐的に笑います。

「後半以外は大体おうてるわ……まぁ問題は占いで相性悪かったらどうしようかということやけどな」

「大丈夫ですわ！　私は信じていますから」

「強いなぁ」

その後列に並んだロイドたちは一緒に模擬店へと入っていきました。

そこは「占いの館」と書かれている簡素な看板が教室の入り口に置いてあるだけ。内装も実に普通で別段何か飾っているわけではありませんでした。いくつか仕切がありそこで個別の相談をしている感じです……実に事務的、大きな銀行の窓口を想像してください。

仕切りはありますが声は聞こえてきてしまい、やれ恋愛がどうのやいつ童貞を卒業できるのでしょうとか借金どう返済したらいいのか分からない等々……中々ヘビーな相談もしているようです、特に後ろの二つは深刻ですね。

「どうやらカップルだけではないようですわね」

「うむ、人間の悩みは恋愛だけではないからな」

相変わらずそっち方面に疎いメルトファンにコリンがこれ見よがしにため息を吐《つ》きました。

「はぁ……ウチの悩みも知らんと」

「なら教えてくれるか？　正直ここに呼ばれた理由が分からんのだが」

「はぁぁ……」

コリンが深いため息を吐いている間に順番がきたようで四人は一緒に窓口の方に向かいました。

正面には内装とは打って変わって占い師らしく紫色のオリエンタルなフードを被《かぶ》った女性が水晶を前に鎮座しています。

「汝らはこの大地の迷い子供――」

語り言葉もエキゾチックな雰囲気たっぷり、すごい占いをしてくれそうな期待感をマシマシにさせてくれるのでした。

「わぁ、なんかすごそうですね。マリーさんのような衣装だ」

「教室の内装はがっかりしましたが占い師には期待できそうですわ」

が、こういうことに無頓着なメルトファンは色々とぶち壊しな発言をしてしまいます。

「おぉ、久しぶりだな諜報部の」

「巡る輪廻の——あ、メルトファン元大佐！　久しぶりじゃないですか！」

エキゾチックな雰囲気はあっさりとどこかに消し飛んでしまいました。まぁ軍人のお祭りですし同僚が開いている店ですからね。

フードをとって敬礼する占い師の女性、メルトファンも敬礼を返します。

「この男は……どうしてこうなんや」

「あぁコリン大佐も、それに士官候補生の子？　四人一緒で大丈夫ですか？　料金安くなりませんよ」

「かまわんさ、しかし初めて諜報部の模擬店にきたが、服装はしっかり目なのに内装は変えていないのか」

「ええ、ぶっちゃけ衣装が高いので。内装にまで手を出すとお金が……」

聞きたくなかった懐事情に思わずロイドもセレンも苦笑いです。

そんな二人を見て「大丈夫よー」と軽い口調で話しかける占い師、さっきまで汝云々言っていたキャラから想像できないフランクなしゃべり方でした。

「諜報活動するに当たって相手の人相とか心理状態とか察するのは大事だからね、そこから色々割り出して一般的な占いを交えて悩みに対する答えを導き出すってことよ、結構当たるんだから……たとえば君」

ロイドは急に指さされびっくりします。

「はい⁉」

「実は悩んでいるでしょ……ちょっと手を見せて」

ロイドの手を取る占い師、そして手相を見ながら脈もはかって顔を覗き込みます。

「あ、あの？」

「恋愛……違う、健康……違う……仕事……なるほど、悩みは仕事ね」

「占いっていうか尋問やな」

脈をチェックしながらはさすがに占いからは逸脱しているかもしれません。

「自覚が無くても脈拍数がほんのり変わるものです、そして手相を見たりお話聞いたりして悩みを解決してあげるんですよ……で、仕事に悩んでいるの？」

「は、はい実は進路のことで悩んでいまして」

意外な悩みにメルトファンもコリンも「へぇ」と驚いた声を上げました。

「何やロイド君、まだ一年生やのにもう考えとるんか？」

頬を掻きながら照れくさそうにロイドは語ります。

「ええ、確かにまだ時間はありますが先輩たちが頑張っている姿を見ると何か焦っちゃって」

「ふむふむ」

「軍人目指した理由も小説の軍人さんに憧《あこが》れてなので……これといった進路先がないんですよ」

「軍の花形「近衛兵」や「外交官」に色々……ロイド君なら引く手数多《あまた》だと思うが、諜報部も倍率高いがお勧めだぞ」

諜報部の女性はえっへんと胸を張っています、キャラほんと忘れていますね。

「そうだったんですのロイド様……ちなみに私はもう決まっていますわ」

「本当ですか、さすがですねセレンさん！」

尊敬の眼差しを送るロイド。

しかし他の人間……諜報部の占い師さんですら察していました——きっとロイドのお嫁さんだろうな、と。

占い師の女性は水晶を転がしながらその相談に答えました。

「私が言えることは今の段階でしっかり悩めていることはいいことだと思うわ、時間を有意義に使って自分の目指したい軍人を目指しなさい……仲間に相談するもよし、後ろの大先輩に相談するもよし、訓練として色々な配置先で仕事をしてみるもよし。何事も経験よ経験」

もはや占いでも何でもないですね。でもロイドには響いたらしく占い師の女性にしきりに感謝していました。

「ありがとうございます！　後悔の無いよう頑張ります！」

後ろから優しげにメルトファンが肩を叩きました。

「そうだぞロイド君。選んだ道が正解かどうかではなく選んだ道を正解にする努力こそが必要なのだ、期待しているぞ」

「はいっ」と気持ちのいい返事をするロイドを見て占い師が目を細めます。

「いい後輩ですね、メルトファン元大佐」

彼女の言葉にメルトファンは満足げに頷きました。

「アザミ軍の戦力として、そしてコンロンの農民である私の後継者にふさわしい逸材だ」

「結局農業か」な視線のコリンに占い師が向き直ります。

「で、どうします、お二人の相性占い？」

「ん？　もうええわ……こいつのこと好きだって再確認ができただけで満足や、それに、選んだ道を正解にする努力が大事やろ」

「ん？　何か言ったかコリン」

「っ！　もおええわこのバカ！」

「うふふ、占わなくても相性抜群ですね。人相で分かりますよ」

にっこりと微笑む占い師役の諜報員さん。いい話の雰囲気になりましたが……

「私は再確認したいのです！　相性を数字で表し並みいる強敵どもを黙らせたいのですわ！」

とまぁ流れ台無しのセレンさんでした。

「あはは、この子も逸材ね……オッケーじゃ水晶の前に座って汝ら」

雑なキャラ作りの占い師はロイドとセレンに着席するよう促しました。

「じゃあここに必要事項を記入して……はいはい、そして……」

ぶつぶつ言いながら各項目をチェックし資料と照らし合わせる占い師……水晶は全く使いません。

「実はこの水晶飾りですの？」

「まあね～ぶっちゃけ占いというより諜報部の膨大なプロファイリングから人間性を導き出して相性を割り出すの、その分正確よ」

「すごいですね諜報部の方」

感心するロイドと期待の高まるセレン。

「うっふっふ～ん。プロファイリングから割り出すというのなら確実な相性を割り出せますわ！　１００％！　いえ１２０％！　まさかまさかの２００％とか！　相思相愛の二倍はなんでしょう⁉　楽しみですわ！」

一人盛り上がるセレン、よく分かっていないロイド、そして冷めた目で見ているメルトファンとコリン両名。

そんな中、占い師の女性がボソリと呟《つぶや》きました。

「……あーこりゃひどいわ」

「…………………」

耳に届いてしまったのかセレンは一瞬固まってしまいます。それはもう、カキンと石化したかのように。

ギギギギと首だけ動かして占い師に虚《うつ》ろな目を向けました。

「…………なんか「こりゃひどい」と聞こえましたが空耳ですわよね」

占い師は頬を掻きながら困った顔をします。

「えーと、ショックを受けないでね」

「ショック、ほう、それは、あまりにも相性が良すぎてショックを受けてしまう、アレですわね」

悪い結果を受け入れる気など微塵もないセレンの意思表示。

無言で占い師はメルトファンの方を向きます。「どうします？」な視線でした。

「そろそろ時間がないので速やかに告げてくれ、たとえ残酷な結果であろうともな」

メルトファンの決断に嘆息しながら占い師は……もはや占い師ではなく判決を下す裁判官のような面《おも》もちでセレンを見やりました。

「いい、心して聞きなさい」

「あ、はい」

あまり深く考えていないロイドは軽く返事をします。

「こひゅー……こひゅー………………よろしくてよ」

一方、山籠《ご》もりをするタイプの柔道家のような呼吸をして心を整えるセレン、もうこの時点で双方受け取り方が違いますよね。絶対相性悪いでしょう。

「ロイド君とセレンちゃんの相性は――」

「はい………」

「――じゅう」

「そぉおおおおおおおいぃぃぃぃぃぃ!!」

十と聞こえた瞬間セレンは水晶を鷲摑《わしづか》みにすると窓の外へぶん投げました。

ドッガーン！　と窓枠ごと吹き飛ばして外に飛び出す水晶。「ぎゃー」という誰かの叫び声が聞こえます。傷害事件勃発ですね。

「ど、どうしましたセレンさん⁉」

「すいませんロイド様、私の嫌いな虫がいたような気がしましたので」

セレンの強引《ごういん》な台詞キャンセルに占い師の女性は「ひぃぃ」と怯えきっています。

「こらセレン・ヘムアエン！」

「ちょ、セレンちゃん⁉」

「大丈夫ですわ、驚かせてしまいまして申し訳ございません……まぁ、もし次また虫が出たら……今度は占い師さんの頭蓋骨《ずがいこつ》鷲摑みにしてしまうかもしれません……」

躊躇うことなく口から出る脅《おど》し文句、占い師はさらに怯えてしまいます。仮にも上官ですよ彼女。

「さ、結果が楽しみですわぁ……「じゅ」と聞こえましたがまさか「10%」なわけありませんわよねぇ……ちょっと舌嚙《か》んでしまっただけですわよね」

「占い師脅して自分の良い結果しか言わせない気や……」

コリンは占い結果のリセマラ行為に戦慄《せんりつ》を覚えました。

「正解を選ぶのではなく選んだ道を正解にする努力が大事……感銘を受けた私は今実行しているまでです」

上司の言った素敵な台詞を都合良く利用するヤンデレストーカーは常日頃から努力の方向を間違っている模様ですね。

「さ、ではもう一度」

占い師は怖がりながらメルトファンとコリンに助けを求めます。

コリンは「嘘ついてええで」とアイコンタクト。占い師の女性はコクコクとものすごいスピードで頷くとチェックシートをもう一度取り出し、わざとらしく眺めます。

「あっれーしまったー、ここのチェック見落としてたー」

「あらあら、そうだったんですの、うふふ」

「あとー、ここもチェック忘れとか、そんな感じですよねー」

「うふふ、そうですわ。私のケアレスミスですわ」

「あと誕生月も今日だけずらしてかまいませんかー?」

「いいですわ、今日だけですわよ」

とまあセカンドチャンスを存分に利用するセレン。占い師の誘導のまま相性バッチリになるよう微調整を繰り返すのでした。

そして課報部の女性は命がけの忖度《そんたく》を始めます。

「誕生月も、こっちもずらして……これは真逆にしておいて……」

生まれた日までずらす行為を躊躇い無く実行する様に人間の生への執着を垣間見《かいまみ》えた気がします。ドキュメンタリー番組が一本撮れるいきおいですね。

で、最終結果ですが——

「はい! 出ました! ロイド君とセレンちゃんの相性は、なななんと! 100%ですー! はい拍手!」

「まぁ! なんてこと! これはもう結婚ですわ!」

出来レースここに極まれりですね。

さて、そのお相手(笑)のロイドはセレンの壊した窓枠を直していました。折れ曲がった釘を力で戻して握力で木と木をくっつけ……人間離れした突貫工事をしてます。

「えっとセレンさん」

「あぁぁぁ! ロイド様ぁ」

ロイドは笑顔でセレンを窘《たしな》めました。

「ダメですよ、いくら虫が怖くても物を投げて壊しちゃいけません」

「えっと、相性……」

「水晶拾ってきましたが周りに倒れている人はいなかったんで「ぎゃー」の叫び声は空耳だったと思いますが……誰かに当たって大けがしていたらどうするんですか。一年生筆頭としてこれだけは言わせてもらいますからね」

「あ、はい……ごめんなさい」

「諜報部の占い師さんもすみませんでした。お返しします」

水晶を差し出し深々と頭を下げるロイド、セレンもヴリトラに促され頭を下げました。

その様子をコリンとメルトファンが頼もしげに見やっています。

「最初会ったときと比べると、ずいぶん頼もしくなったものだ」

「せやな、自信も付いてきて、あとは自分の力の自覚が伴えばええんやけど」

一方セレンは悔しそうな顔をしておりました。

「物を壊さず脅して相性を微調整するべきでしたわね……反省しますわ」

そして将来が怖いセレン、メルトファンとコリンは困った顔を浮かべるのでした。

さて、一方で水晶が頭に直撃し「ぎゃー」の叫び声を上げてしまった男性が、現場から離れた場所でぐったり横たわっていました。

「あっしの完璧《かんぺき》な気配絶ち……まさか気がつかれるなんて……」

はい、例によってザルコさんです。

経緯を説明しますと本物の王様の居場所を知っているであろうロイドをつけて行ったらなんとさっきまで意味深な会話をしていたメルトファンもタイミングをずらして合流したではありませんか。それも現役《げんえき》の軍人と諜報部が運営している模擬店の中へ一緒に入っていく……

ザルコは確信しました。「絶対ここで大事な会話をするであろう」と。

そして気配を消して模擬店の裏手へ、窓の外から聞き耳を立てて中の様子を窺っていました。

何やら真剣な話が始まり一体どんな状況か窓から一瞬だけ顔を出したとき……セレンの必殺「忖度要求水晶投げ」が炸裂《さくれつ》、運悪く水晶が直撃し今に至るのでした。

「おそらくあっしの気配に気が付いて……とっさに水晶を投げつけたんだ……追ってこないところを見るにこいつは警告なのか？　いや、泳がされているのか？」

実際はいつものセレンの発作だったのですが……疑心暗鬼に支配されているザルコは悪い方悪い方へと考えてしまうのでした。

「負けねえぞ……アザミ軍め……怪盗ザルコの威信に懸けて……王誘拐と依頼人の目的達成は必ずしてみせる」

勝手に執念を燃やされるアザミ軍。

ザルコは鬼の形相でかち割り氷を頭に当ててできたタンコブを冷やすのでした。


一方、外に出たロイドたちは時計を見やります。

「さて、石像の捜索をせんとなぁ」

「プロフェンから借りた代物か？」

「せやで……メルトファンも探してや、あと不審者もや、怪盗ザルコが変装しておるかもしれんしな」

「分かった、ネキサムにも伝えておく……もう少し一緒に見て回りたかったがな」

「め、メルトファン!?　それって……」

「どうも最近農業以外のことに疎くてな、おまえに色々教えてもらいたかったのだ、農業以外のことも勉強しないと逆に農業がおろそかになる」

「あんたはもっと別のこと勉強した方がいいな」

「ほうそれはなんだ？」

「れんあ………ま、言って分かるんなら今まで苦労はせんかったわ」

とまぁ、なんだかんだいい雰囲気で二人は去っていきました。

「そうだロイド君、少しいいかな」

その直後、ヴリトラに直接話しかけられたのは久しぶりのロイドは少々緊張しながら受け答えをします。

「あ、はい何でしょう」

「確認なのだが、君が聖剣を引き抜いたのは本当なのかな」

「聖剣ですか？　いえ、聖剣の村で丘の上に刺さった古ぼけた剣は拾いましたけど」

それ聖剣だよ、と言葉にして言いたくなったヴリトラですが話がややこしくなるのでぐっとこらえて会話を続けます。

「そうか……まさにこちら側の切り札というわけだ」

言っていることの意味が分からずきょとんとするロイド。

「最近君は自信が付いてきた、我が主……セレンちゃんの腰元からずっと君のことを見てきたがその事はよく分かる。最初君と戦った時と比べたら芯が一本通った、そんな印象を受ける」

「あ、ありがとうございます」

「アルカの事よろしく頼む、今でこそチンチクリンのド変態ではあるが昔はまだ聡明だった、この先なにがあっても最後まで君だけはアルカの味方で――ぐえ！」

何かを言い掛けたヴリトラでしたが思い切り引っ張られコミカルな嗚咽《おえつ》を上げました。

「なにヒソヒソ会話していらっしゃいますのヴリトラさん」

「せ、セレンちゃ……我が主よ、男同士の会話という奴だ」

「まぁ、それはそれで興味深いのですが――」

その時、メイド服姿の大男がセレンの視界にフレームインしてきました。

「こんな所にいたのかベルト姫！　ってやはりロイド殿も一緒か！」

「げぇアランさん！　いきなりそんな姿で視界に入ってこないでください」

「お前が勝手に喫茶店から抜け出したからだろうが！　お前には分からんだろうが男がこれ着替えるの大変なんだぞ！」

「私はロイド様と一緒に模擬店を見ながらちゃんと石像捜索をしていましたのよ！」

「ほう、じゃあ次はどこに行く予定だったんだ」

「それはもう、人気《ひとけ》のない暗いところで捜索を……」

「みんな怒ってるから帰れ」

アランはげっそりした顔でセレンに帰るよう促しました。

「セレンさん、捜索は僕が頑張りますので」

「はい！　ロイド様のお帰りをお待ちしておりますわいつまでも！」

ロイドに言われるとたんに素直なセレンは笑顔で喫茶店の方へと帰って行ったのでした。

残ったのはメイド服で女装した二人の男……結構気まずい状態ですね。

「そういえばロイド殿、石像もそうですが軍服の方はいかがですか」

「うーん、落とし物係の方に聞いてみたんですが見つかったら連絡をくれるとかで……石像捜索本部の状況はいかがですか」

アランは首を横に振ります。

「進展はありません、手がかりの手の字も無くロール氏はちょっとイライラし始めていますな」

「そうですか……さすが怪盗と呼ばれる人物、どこに石像を隠したんだろう」

「怪盗といえ人間です、時間帯を考えるに中央区内に隠されていることは明白、必ずや見つけてやりましょう！」

まぁそれが身内で人外であるアルカの仕業とは思わない二人は頷き合いました。

「僕はこれから探していない場所を捜索してみますので何かあったら連絡ください」

「了解しました、喫茶店の方は自分たちにおまかせ――ぬぅ⁉」

ドンと胸を張ったアランですが急に驚いたと思いきや柱の陰に姿を隠しました。

「え？　アランさ――」

「しー！　ロイド殿！　しー！」

必死の形相で静かにと口元に指を当てるアラン。

何か来たのかとロイドが振り返りますと、そこには――

「よぉロイド少年、霊峰の儀以来じゃないか」

アスコルビン自治領の領主、アンズ・キョウニンが朗《ほが》らかに手を挙げていました。

アスコルビン地方独特の羽織に大太刀を腰に引っ提《さ》げた一流の女剣士。

国の代表として度々雑誌の取材などを受けている彼女はアザミでも有名で道行く人が振り返

ります。

「あ、お久しぶりですアンズ様」

丁寧に頭を下げるメイド服姿のロイド。あまりの似合いっぷりにアンズは苦笑いです。

「なんの出し物か知らねーけど、ずいぶん思い切った格好だな」

「アハハ、よく言われます。アンズ様も王様に会いに栄軍祭に？」

アンズは困ったように頭を掻きました。

「まぁアタイは別段用事らしい用事は無かったんだがよぉ……コレがどうしてもってせっつきやがって」

コレと言いながら後ろを指すアンズ。

彼女の背後には赤を基調としたドレスに身を包んだ見目麗《うるわ》しい黒髪女性が佇《たたず》んでいました。

「お久しぶりね、ロイド少年」

おしとやかに会釈《えしゃく》をするはアスコルビン自治領、オードック一族が長、レンゲ・オードックです。

「お久しぶりですレンゲ様！」

「エレガントに精進していますか？　…………その格好は？」

「えっと、喫茶店をやっていまして、アハハ」

「深くは聞きません、おそらく色々な意味で自信をつける修行なのでしょう。あなたの強さは既婚の私と独身のアンズが保証します」

レンゲに言われ「そんな僕はまだまだですよ」と謙遜するロイドの前でアンズは腑《ふ》に落ちない顔でレンゲを睨《にら》みました。

「ロイド少年の強さの保証は分かるけどよ、何でぇその独身のって枕詞《まくらことば》はよぉ」

「ふふ、領主様ともあろう人間がずいぶん余裕無いですわね」

「お前やっぱり何でもいいからアタイから一歩リードしたくて領主の座を狙おうとしていたんだな」

「色々理由はありますがその内の一つですわ――そんなことより」

レンゲは静かに、そして力強くロイドの方に向き直りました。

「アラン殿はいずこに?」

ここで一つご説明しましょう。レンゲ・オードックは前回アスコルビン自治領の領主の座を争う「霊峰の儀」でわけあってアランと共闘、そして尺の余った大会で「何でもする」と言ったアランに結婚を要求し式を挙げたというわけで……事実上アランのお嫁さんです。

しかし「卒業まで待ってくれ」というアランの要望を渋々受けたレンゲはいつか来る新婚生活を夢見て日々我慢の時を迎えていたのでした。

そしてアンズの付き添いという会う口実が出来たので今に至るというわけです。リアル「来ちゃった」ですね。

そんなことなど露知《つゆ》らずのロイドはアランの居場所……背後の柱の陰にいると伝えようとしましたが……

（んーーー）

大男メイド服野郎はアイコンタクトで訴えます「言わないで」と。

ロイドはとりあえずアランの言うとおりシラを切りました。

「んーと、どこだったかなぁ……ごめんなさい」

アンズは気にするなとロイドに言いました。

「いいって、なにぶん急だしよぉ……でもよぉレンゲ、今日会ったってすぐ帰るんだぞ、逆に辛《つら》くならないか」

レンゲは「確かに」と寂《さび》しそうに頷きました。

「その通りよアンズ、だから今日は別の目的があって来たの」

「へぇ、初耳だぜ。一体どんな目的なんでぇ」

「学生の内はさすがに婚姻届はちょっととアラン殿がおっしゃっていました」

「言ってたなぁ」

「ですので学生を辞めていただければ晴れて一緒に住めるというわけで、私生活の粗を探し、難癖を付けに参りました」

堂々と難癖付けに来た宣言、今日人件費削減の指名を背負った監査の人間でもそんな言葉は言いませんよ。

「こいつ何かと理由を付けてアランを退学させる気だな」

さすがに呆れるアンズは「これが愛ってやつか？」と嘆息します。

そして柱の陰で聞き耳を立てていたアランはこの発言にビビりました。それもそうでしょう、ジャストタイミングで自分が除隊されるか否かの瀬戸際に立たされているのですから。

石像盗難事件と自分の人生がややこしくなる事を懸念したアランはアイコンタクトをロイドに送りました。

（ロイド殿！　今、石像の件を言ったらレンゲ殿が足を引っ張るかもしれません！　内密に！）

（なるほど、アスコルビン自治領で手練《てだ》れのお二人にご協力を仰ぐわけですね）

んーざんねん、ロイドはアランのアイコンタクト受信に失敗してしまった模様です。

声なき声で絶叫するアラン、血の気の引いた青い顔をしていますね。

（違いまーす！！！　その件は内密にぃぃ！）

不自然なアイコンタクトのやりとりを訝しげに見やる両名。

アランの挙動の意図がよく分からず小首を傾げるロイド。

事態は膠着《こうちゃく》状態になるかと思われましたがそれを打破する四十代が登場します。

「ヌハハ！　買い出しに来てみれば懐かしの声！　そして我が輩の盟友アンズとレンゲではないか」

「げ、ネキサム」

「他国でもノーエレガントね」

そう歓迎ムード皆無ですがそんなことを気にしないのがタイガー・ネキサムです。

彼は三人の顔を交互に見るや「おや、早速あの事件の相談か？」と会話の輪に加わろうと近寄ってきます。

「ヌハハ！　つれないなぁ！　我が輩も例の事件のことは聞いたから仲間外れにしないでくれぃ！」

「あの事件？」

訝しげに聞き返すレンゲにネキサムは筋肉をモリモリさせながらペラペラ喋ってしまいます。

「ぬ、聞いていなかったのか？　プロフェン王国の石像盗難、それにアラン殿の退学がかかっていることを」

アラン。

その単語にレンゲはガッツリ食いつきます。

「詳しく話すベタイガー」

「おっとレンゲよ、地が出ておるぞ」

「そったら回りくどいこと言ってねーでとっとと喋れ、アラン殿がどうしたべ？」

ゾクッと寒気がネキサムの体に走ったのでしょう、尻を震わせながら石像捜索とアラン除隊の件をレンゲに伝えました。

　レンゲはゆっくり、しかし力強く頷き、そして――

「見えてきたべ！　同棲《どうせい》への道が！」

　と大声で叫びました。

「おいどうしたレンゲよぉ」

「つまりアラン殿が除隊されれば、一緒に住める！　結婚生活送れる！　完璧だべ！」

「そ、そんな。アランさんの気持ちは？」

「すまねえロイド少年、旦那を逃がさねえためだ、なーにコトが終わったらまた入隊させればいい！　誰よりも石像を先に見つけてぶっ壊せば念願の新婚生活だべ！　きゃっほい！」

　バイト感覚で軍隊って除隊入隊できるんでしょうか？

　とまぁエレガントキャラを吹き飛ばして欲望のまま地を出したままハッスルし始めるレンゲをロイドが困った顔で咎めます。

「ダメですよ、アランさんが無職になってしまいますよ」

「なーに言ってんだロイド少年！　ウェルカム無職だべ！　逆に依存させるチャンスでねーか！　旦那のピンチは嫁のチャンスだべ！」

　とまぁ訛ったままで恐ろしいことを言い放つレンゲ、その発想にはエレガントの欠片もありませんでした。

「おめぇ、セレンちゃんに似てきてるな」

新たなるヤンデレ爆誕、祝福すべき……ではないでしょう。

さて、人の振り見て我が振り直せと言いますが「セレンに似ている」と言われレンゲは我に返りました。

「…………そ、そうけ？　オラがあの子に？」

「うむ、あとそろそろ訛を戻しなさいレンゲよ」

さらにはネキサムにまで諭されようやくレンゲは元のキャラに戻りました。

「ご、ごめんなさい。どうもアラン殿の事を考えると地が出やすくなっちゃって……お紅茶を飲んで心を落ち着かせませんと」

レンゲはそう言いながらどこからともなくポットを取り出し注ぎ口に直に口を付け紅茶を飲み始めます……エレガント補充どころかマイナスと言っていいでしょう。

そんな彼女にロイドが諭すように説得します。

「レンゲさん、好きな人と一緒にいたいのは分かりますけど……だからってそこまでしてはいけないと思います！」

ロイドの強い口調にレンゲもアンズもネキサムですらビクッと身を震わせます。

「アランさんには夢があります、立派な軍人になってお父さんに誇れる人間になりたいと。それを支えるのが他の誰でもないレンゲさんだと思いますよ、邪魔するのがお嫁さんの務めではないと僕は思います」

ハッキリとしたロイドの口調に気づかされたレンゲ。

彼女はしばし逡巡した後、ふっと微笑を浮かべました。

「自信をつけたのね、ロイド少年——その説得、エレガントよ」

「こんな格好ですけど、一年生の筆頭に選んでもらいましたので」

「責任は人を変えるってか、アスコルビン自治領領主として見習わないとな」

弟の成長を喜ぶかのようなアンズ、納得したレンゲ。

その後方、柱の陰に隠れていたアランは涙目になっていました——師匠格のロイドからこう言われたらそりゃ嬉し泣きもしたくなりますよね。

「分かったわロイド少年、今日は一目見ただけでエレガントに我慢、そして石像探しに協力するわ」

「もう無理に辞めさせたりしないって事ですね」

頷くレンゲ。

「ええ、あの人のやりたいことを受け入れ、そして支えますわ」

彼女の真摯な表情を受け、安心したロイドは柱の陰に隠れたアランに呼びかけました。

「——ですって、アランさん」

「え？　アラン殿⁉」

ロイドに呼ばれアランが柱の陰から申し訳なさそうに登場しました。

「すまんレンゲさん」

「あ、アラン殿……」

驚いているレンゲにアランは思いの丈を打ち明けました。

「すまんレンゲさん、俺、いきなり結婚とかわけ分からなくてよぉ……時間が欲しかったんだ、それにアザミで、ロイド殿の元で学びたいことも沢山あって……もう少し、もう少し時間をくれ、貴方のことが嫌いになったわけじゃないんだ」

真剣に、まるで告白するアラン。

そんな彼をレンゲは…………冷ややかな目で見つめていました。

「なんですかその醜い姿は」

「あ」

そうです、忘れていましたが今のアランは女装メイド服。旦那が笑えないベクトルの女装で、自分の目の届かぬ異国の地で日夜何かに勤しんでいる……そりゃ冷たい目の一つや二つするでしょうね。

「アラン殿、この地にいてはダメです、汚《けが》れます」

レンゲは吐き捨てるように言い切り手を引いて連れて行こうとしました。

「れ、レンゲさん！　いやちょっと待って！」

「問答無用です！　自治領で軟禁&エレガントに再教育です！　二十四時間一般常識とお紅茶漬けの特訓を課しますわ！」

「れ、レンゲ殿！　さっき俺を支えるとか！　やりたいことを受け入れるとか言ってくれたではないですか！」

「アラン殿！　その台詞を聞いていたという事はやはり聞き耳を立てていたのですね！　なんてノーエレガント！　ていうかやりたいことが女装⁉　やはり自治領で鍛え直す必要がありますわ！」

「貴方何があっても自治領に引きずり込むつもりでしょう！　この格好の俺が言うのもなんだけど！　ていうか何で斧《おの》を構えているんですか⁉　ギャー助けて！」

マジ泣きしながら脱兎の如く逃げ出す女装モンスターアラン。

レンゲは鬼の形相でアランを追いかけ、腰元の片手斧二本を両手に持ち襲いかかります。

ザン！　ザン！　スパン！

もはや殺人鬼に追われる女装男、アランはスカートの下のパンツ（男物）など見えてもかまわないと言わんばかりの大股で尻をまくって逃げるのでした。

その変態的逃走にさらにブチキレたレンゲ、奥の手である秘術をなんか使っちゃいます。

「秘術――蜻蛉《かげろう》！」

レンゲの手から放たれた片手斧は宙を舞い無差別に周囲を攻撃しながらアランを追尾します。

正直旦那に向ける技ではありません。

縦横無尽に旋回し飛び交う二本の手斧。触れたら最後、鋭利な刃で真っ二つにされてしまうでしょう。

どこからともなく「ぎゃー」という悲鳴が聞こえますがレンゲはかまわず攻撃を続けました。

「助けてぇぇぇ！」

「さぁ、おとなしくエレガントに捕まるベアラン殿！」

そして二人はそのまま遠くの方へと走り去っていったのでした。

悲しき逃走劇をレンゲとネキサムは並んで見ています。

「ヌハハ、青春だなアンズよ」

「あんな青春どこ探してもありゃしねーよネキサムさんよ」

的外れなネキサムの感想に呆れるアンズはどうしたものかと頭を掻きました。

一方アランがいなくなってしまって困り果てるロイド。

「えーとどうしよう」

そこに一人の軍人が現れます。

「何やら騒がしいが……例の事件関係かな、ロイド・ベラドンナ」

「あ、あなたは警備統括《とうかつ》の！　いえ、事件関係ではありません！　アランさんですし大丈夫かと」

敬礼するロイド、彼の前には先ほど石像捜査本部にいた警備統括の軍人が背筋を伸ばして立っていました。

「アラン君か、彼が駆けつけたのなら騒ぎも直に収まるだろう」

「あ、アハハ」

騒ぎの原因がアランとは言えず、ロイドは苦笑するしかありませんでした。

「おおかたハメを外したアホが騒いでいるのだろう、しかしアラン君に負担をかけすぎだな我が軍は。先のイナゴの一件も彼がいなかったら大変だったと伝え聞いている」

実際はロイドと隕石落《いんせき》としまくったアルカの力なんですけどね、アランも頑張ってはいましたが。

警備統括の軍人はため息を一つ吐くと愚痴《ぐち》交じりの言葉を続けます。

「こんな時、警備の軍人は実戦経験の有無で差が付いてしまうな……実戦経験豊富なアスコルビン自治領の方から定期的に指導していただけたらと思うよ」

ハメを外しているそのアホがアスコルビンの人間なんですけどね。しかもオードック一族の長。

「自治領の方ですか？」

聞き返すロイドに警備統括の軍人はゆっくり頷きます。

「そうだ、今の士官候補生はクロム大佐やメルトファン元大佐に鍛えられているからいいのだが、その前は実践経験が軽視されており半人前で卒業した人間だらけだ。現場で鍛え直すのは苦労したよ」

「えーと」

今そこに自治領の方がいますよという言葉をロイドに言わせるタイミングもなく、まくし立てるように警備の軍人は続けます。

「君らは王の計らいで一度直接ご指導いただいたのだろう、アンズ様レベルの方とまでは言わないが、一流の方に指導員として在住して欲しいのだが……そういった方は大体、金持ちの護衛やギルドの高給取りになっていると相場は決まっているのでな……」

「アスコルビン自治領の一流ねぇ」

「そう、アスコルビンの……それもアンズ様レベルの方をお迎えできれば――って、うん？」

目の前にまさかそのアンズ本人がいるとは思わず、警備統括の軍人は一瞬固まってしまいました。

その動揺っぷりに頬を掻きながら、アンズは先に自己紹介を始めました。

「どうも、アンズ・キョウニンだ。アスコルビン自治領の領主をやらせてもらっているよ」

「――――ッ！！！！！」

めっちゃ動揺する警備統括の軍人。

しかしさすがは警備のトップ、動揺をすぐさま押さえ落ち着き払って挨拶を返しました。

「……りょうも、アザミ軍警備統括――」

ガッツリ噛んでしまいましたね。アンズも脅かしたような気分になって実にバツの悪い表情でした。

見てはいけない物を見てしまった……そんな悪い空気の漂う中、空気の読めない男ネキサムが太股を強調しながら会話に交ざってきました。

「どうも、自治領の虎ことタイガー・ネキサムです。今はアザミの農業特別顧問のメルトファンの兄貴の元で濃厚な指導を受けております」

一瞬で悪い空気がツッコミどころ満載の男によって様変わりしました。アンズは汗くさい助け船に感謝します。

普通なら呆気《あっけ》にとられるネキサムの行動ですが、それが功を奏《そう》したのか警備統括の軍人は逆に冷静になりました。挨拶を噛んでしまった気恥ずかしさより存在が恥ずかしい男を目の当たりにしたからでしょうか。

「お話は伺っています、うちの軍人がお世話になっているそうで」

「ヌハハ！　よろしくされているのは我が輩の方ですぞ！　ところで先ほど自治領うんぬん、実践ムンムンと言っておりましたがいかがされましたか？」

「むんむ……あぁ、お聞きになりましたか、これはお恥ずかしい。実はですね」

そこで警備統括の軍人はロイドに話したことをもう一度アンズとネキサムに伝えます、一流の人間にアザミの指導を定期的にしてもらえないか、こちらに住んでいただけたらありがたい……と。

その話を再度しっかり聞いたロイドは何か思いついたのかアンズに提案しました。

「アンズ様！　レンゲさんは如何《いかが》でしょうか！」

アスコルビン一の斧の使い手レンゲの名前を軽々と出したロイドに警備統括の軍人は注意します。

「こらロイド君、そんな馴れ馴れしく――」

「おー！　ナイスアイディアじゃないのロイド君よぉ！　アイツ絶対喜ぶぜ！」

「ええ⁉　メッチャ仲良い⁉」

注意した矢先めっちゃフレンドリーに肩なんか組んでくるアンズを見てさすがの警備統括の軍人もポップに驚きました。

え、何でそんなマブ友みたいなの？　という彼の表情を汲んだのか、ネキサムがサイドチェストのポージングをしながら説明します。

「筋肉と書いて友と呼ぶ間柄だからだ！　純粋な気持ちで繋《つな》がった我々でっす‼」

説明になっていないですね。

しかし警備統括の軍人は何となく察しました、講堂で自分や外交トップ、広報担当に啖呵《たんか》を切ったロイドの様子を思い浮かべたからです。

「たとえ自分が弱くても、なお折れない勇気を持っているから惹《ひ》かれ合った……ということですか?」

「ザッツオール! アンド! ハムストリング(太股)!」

ネキサムは全身の筋肉を躍動させ肯定しました。

警備統括の軍人は改めてロイドを見やります、アンズとじゃれつく彼を見てフッと微笑みました。

「正しいと思った自分の意見をしっかり言える……私、いや、昨今のアザミ軍人が失いつつある心を彼は持っているということか」

その少年、心以上に身体能力の方がヤバいんですけどね。

さて、ロイドとの話が終わったアンズは笑顔で警備統括の軍人の方を向き手を差し伸べました。

「警備の軍人さんよぉ……その在住指導者の件、喜んで受けさせてもらうぜ。オードック一族の長、レンゲ・オードックがな」

「そ、そんな……一族の長の方がアザミに出向いてくださるのですか⁉」

「おうよ、しかも年一回とかケチなことは言わねぇよぉ。当分こっちに住むかもしれねぇから毎日だな」

「毎日ぃ⁉ い、いいのですか⁉ しかも一族の長のご指導ともなったら、かなり高額ではないのでしょうか」

「その辺は気にしなくていいんじゃないか？　ある程度の賃金と住む場所さえあてがってくれりゃ、あの女にはお釣りが出るぜ」

信じられないといった警備統括の軍人にネキサムが大仰に頷きます。

「いいのだよアザミの方！　レンゲもそれを望んでいるだろうし、何よりロイド少年と我々の仲だ！」

「ちょいとその件も含めてレンゲとアザミの王様に相談してくるぜ、ま、色いい返事を期待してくんな。じゃあロイド君、石像捜索はことが終わったらアタイも手伝うからよ」

「ヌハハ、我が輩と我が輩の胸板も加勢するぞロイド少年！　ではタイガーグッドバイ！　また会う日まで！」

そしてアンズは手をヒラヒラさせながらこの場から去っていきます。ネキサムもそれに続いていなくなりました。

怒濤《どとう》の急展開にポカンとする警備統括の軍人はしばらく呆然《ぼうぜん》とした後ロイドの手をガッシリ摑みました。

「ありがとうロイド少年！　君のおかげだよ！」

いきなり熱いお礼を言われてロイドはびっくりしちゃいます。

「そんな、大したことしていませんよ、ちょっと提案しただけで」

「いや、君の助力があってのことだ！　真っ直ぐ自分の意見を言えるその心こそ大事にすべきアザミ魂！」

アザミ魂まで言われロイドは思わず頬を掻いてしまいます。さっきまでの冷静さと今の熱量のギャップに戸惑っていますね。

警備統括の軍人は鼻息荒く語ったあと、ロイドの進路について尋ねました。

「君、進路は考えているか？」

「い、いえ……実はまだ……」

「ならば我が警備班に是非とも来なさい、その真っ直ぐな心に実力が伴えば、君は最高の軍人になれる！」

熱い情熱ほとばしる勧誘をした後、警備統括の軍人は勲章をジャラジャラ鳴らしながら駆け足で本部へと戻っていったのでした。


その数分前、時間はレンゲのアラン襲撃まで遡《さかのぼ》ります……はい、「ぎゃー」でおなじみのザルコさんサイドの描写です。

彼はセレンの暴走で出来たタンコブを冷やすため、もう一個かち割り氷を購入しようとしていました。

「あぁ痛……頭が……ちくしょう――ん？」

そこで女装アランの逃走劇を目の当たりにします。

「ありゃ例のアラン……一体何が？」

何故か逃げまどう周囲の人々の流れの逆を歩くザルコ、そして状況を確認しようと柱の陰から顔を出したその時でした。

ザン！　と宙に舞う手斧がザルコの頭皮を無造作に剃り上げました。

「なにごと――ぎゃぁぁぁぁぁ！　デコから頭頂部が！　あっしの毛根が！」

はいザルコの頭髪は見事なまでに刈り上げられてしまいました、いわゆる逆モヒカンです。

肉体的に痛めつけられた後、今度は精神的に追いつめられザルコは絶望に満ちた顔をしております。

「くそ！　頭髪を剃って精神的に追いつめるだと⁉　それ人としてどうなんだ⁉　それが軍人のやり方か⁉　あいつら人間じゃねえ！」

普通に追いかけられる事なら何度も経験したザルコはこの遠回しな嫌がらせのような追いつめ方に怒りすら覚えたのでした……まぁ実際は無自覚に巻き込まれただけなのですが。

「ふざけやがって……必ず……本物の王様をゆ――」

誘拐と言おうとした瞬間、ザルコは優しく肩をポンポンと叩かれ自然に振り向きました。

「やぁ、ハゲのおじさん。ちょっといいかな」

そこには色黒の青年――ショウマが優しい笑顔で手を挙げ挨拶してきます。

いきなりハゲと言われザルコは怒りの形相でショウマを睨みつけました。

「兄ちゃんよぉ、ハゲじゃねえ！　あっしは剃られたて、ほやほやだコラ――うぐっ！」

まくしたてるザルコでしたが……その台詞の途中、尋常でない力で喉元を摑まれザルコは呼吸が出来なくなってしまいます。

死すらよぎる握力。

目の前の青年は一切笑顔を崩さず首を絞め続けます。

細めた目の奥は笑っていませんでした。

ザルコは何人か殺し屋を知っていますが、その誰にも見たことのない暗い目に体の芯に氷の棒を突っ込まれた錯覚すら覚えるほど。

「な、んだぁ……」

喉を絞められザルコはそう言うだけが精一杯。

「ここは人目があるね、場所を変えようか」

そして尋常じゃないスピードで人気《ひとけ》のない場所に首を摑まれたまま移動されます。

朦朧《もうろう》とした意識の中、気が付けばザルコの目に映るは林に囲まれた場所でした。

あの一瞬で？　自分は夢でも見ているのか？　――と幻想に一縷《いちる》の可能性を託しましたが、体の内側から首の骨の軋《きし》む音が聞こえる度、無理矢理現実に引き戻されます。

聞いたことのない音に恐怖を感じ、ザルコは引きつけを起こしたように震えます。

「おっと、しまった、このままじゃ軍服汚されちゃうね、首吊《つ》って死ぬ人って体の穴という穴から腸の内容物とか内臓とか出しちゃうし」

さらりと恐ろしいことを言いながらショウマは無造作にザルコを地面に落としました。

「カァ！　ゲホ！　ゴホ――」

そしてショウマは手際よくザルコの着ている軍服を引っ剝《ぱ》がしました。

「うん、ロイドの軍服だ……おや？」

軍服の匂いをかぐショウマは眉間《みけん》に皺《しわ》を寄せます。

「あーあ、おっさんの加齢臭付いてしまったね……どうすんの、この服の持ち主に加齢臭付いちゃったらさ」

「ご……まえは……だれ」

口の中に鉄の味を広げながら、しゃがれ声で問いただすザルコ。

ショウマは変わらず虫を見るような目をして彼を見下していました。

「質問はこっちがするよ……おっと喉痛めちゃ喋れないか」

シャツとパンツ一枚になったザルコの腹部を躊躇うことなく蹴《け》り上げるショウマ。

彼はゴム毬《まり》のように跳ね、木々に叩きつけられました。

「つぅう！」

「これで喉回復しても逃げられないよね」

声にならない声を上げるザルコの喉にショウマは回復魔法をかけました。

一瞬で折れた首の骨は修復され呼吸が出来るようになるザルコ。

そんな常識では考えられない離れ業をやってのけたショウマを彼は恐怖の眼差しで見やります。

――その気になればコイツは自分を一生殺すことなく痛め続ける事が出来る。

そう感じ取ってしまったザルコは心の骨が折れました。

ショウマは変わらぬ笑顔で質問します。

「はいじゃあ聞くね、どうしてこの服を盗んだのかな？」

「……………王様を誘拐するためです」

「あぁ、なるほど。内部に侵入するためにかぁ……じゃあ、たまたまってことか、良かった良かった」

何が良かったのか分からないザルコは戦々恐々としていました。

「じゃあコレは好奇心での質問。なんで王様を誘拐しようとしたの？」

ザルコは守秘義務なんてクソ食らえとばかりにすべてショウマに打ち明けます。

そして――アザミ軍に対する怒りも一緒に……

ショウマは目を丸くして驚きます。目の前の人間が自分の手駒である地方貴族の雇った人間だったからです。

「ありゃりゃ、トラマドールの旦那も運が悪い」

気の抜けた人事《ひとごと》のような言い方にザルコは険しい眼差しを向けました。

「あんたはアザミ軍じゃないのか？　さんざん俺をおちょくったあげく処分するとか……」

「俺アザミ軍じゃないよ、むしろ味方さ……ただちょっと間が悪かっただけだよ。この軍服盗んじゃうこともそうだし運が悪いのかな、お払いとか行ってる？」

もはや同情に近いショウマの口振り。

アザミ軍じゃないだの味方だのわけの分からないことを言われたザルコは疲れ果てて、考えるのが面倒になったのかブツブツとアザミ軍への逆恨みを口にしながらうなだれます。

「うーん、もう聞いていないか……さてどうしようかなぁ——おや？」

ガサリと木々を分ける音。

ショウマが気配のする方を振り返るとそこにはソウが悠然と立っていました。

「やぁソウの旦那、お目当てのものは見つかったのかい？」

「まぁね」

言葉少なにソウはお目当てのものと思われる古びた本を掲げます。

「古本か、急に読書家？　どうしたの？」

ソウは静かに、冷静さを装いますが忌々《いまいま》しさを端々に滲《にじ》ませながら答えます。

「当然、燃やすためさ」

刹那《せつな》、炎に包まれ灰になる古びた本。ハードカバーの丁装はボロボロに崩れ去りました。

ソウの奇っ怪な行動にショウマは楽しげです。

「ありゃもったいない……何々、作者が嫌いとか？」

「作者ではなく登場人物に問題があってね……これは英雄ソウ、つまり私をモチーフにした主人公が活躍する小説だ」

「嬉しくないの？　……ってあぁ、そういうことか」

「こういった小説や世界各地の伝承のせいで役目を終えても私は消え去ることが未だに出来ないのだ……同じ本をまとめ買いして道行く人や風船配りの着ぐるみに変な目で見られたよ、難儀なものだ」

灰を吹き空にまき散らすソウ。遺骨を撒《ま》くかのように散りゆく灰を眺めています。

「少しでも私が消える可能性を上げねばな……まったく滑稽だ、たった数ヶ月しか所属していない軍隊での出来事を膨らませて膨らませて英雄譚に仕上げられ……何故かユーグ博士の作った古代兵器と戦ったり……事実は小説より奇なりとはいうが、その逆もまた然りだな」

「あれ？　ロイドにあげた小説と似ているなぁ……」

「どうしたショウマ」

「ん？　いやなんでも」

確かめる術《すべ》もないのでショウマは気にするのを止めました。

ソウの興味も、うなだれているザルコの方に向いています。

「で、彼は？　裸だが」

「怪盗ザルコっていう泥棒らしいよ、王様を誘拐しようとして失敗したんだって。運の悪いことにロイドの軍服盗んじゃって俺に捕まったのさ」

「では、未だにロイド君はメイド服？」

「そうなんだよ、明るい内に良いシーン沢山撮影したかったんだけど……まだ取れ高ゼロさ」

「それは参ったね……ふむ」

ソウはザルコを見やります。彼は壊れたラジオのようにずーっとアザミ軍に対する憤りを呟き続けていました。

「使えるのではないか？　ショウマよ」

「このおっさんが？」

「アザミに対する恨み辛み、足りていない取れ高、ユーグ博士からもらった魔王の試作品があるだろう」

パチーンとショウマは指を鳴らします。

「なるほど！　このおっさんに暴れてもらってそれをロイドに救ってもらう！　栄軍祭のヒーローだ！」

ショウマはザルコに近寄るとアゴを掴んで笑顔を見せます。

底知れぬ笑顔、例によって目の奥は笑っておらずザルコはついに命乞いを始めます。

「た、助けてください」

「大丈夫大丈夫、命は取らないし、何だったら君の役に立つことをしたげるからね。言ったろ、味方だって」

頬を鷲摑みにすると無造作に謎の液体と錠剤を口に押し込むショウマ。

多少むせながらザルコが飲み干したのを確認して大きく頷きます。

「キーになる本能は「怒り」や「逆恨み」など……その本能が強ければ強いほど魔王は適合する……いやぁ失念していたけどこんな丁度良い人材がいたなんて、熱い展開だね」

「来るぞ、ショウマ」

ザルコが声にならない声を絞り出します。

「〜〜〜〜〜〜〜〜〜〜〜〜〜〜〜〜〜〜〜〜」

体の内側から火傷《やけど》したような身悶え方。しばらく転げ回る彼は急にピタリとその挙動が止まります。

そして彼の体が石に覆われ始めました。

石化。

その現象を見てソウがショウマに質問します。

「この魔王はなんだったかな?」

「たしかゴーレムさ、頑強なる岩の体に尋常じゃない腕力と無尽の回復……おっともう完成か、早いね」

　立ち上がったザルコは約三メートルもの石の体に生まれ変わりました。彫刻のような裸のボディ、憤怒の形相。

「コイツァ……イッタイ？」

　くぐもった声のザルコにショウマが笑顔を向けました。

「生まれ変わったんだよ君は、いやいや熱いね！」

「生マレ変ワッタダト？」

「そうだよ、分かる？　本能のまま動いて良い、倫理感とか取っ払われた清々しい気分でしょ」

「タシカニ」

「君に期待することは暴れることだ、アザミ軍への怒り、存分にぶつけたまえ」

「アザミ……アザミィ…………コケニシヤガッテ、アッシヲ見クビルトドウナルカ思イ知ラセテヤル」

　恨み節を口にしながら巨体を揺らしこの場を去る異形のザルコ。

　いってらっしゃいと軽く見送るショウマは笑顔をソウに向けました。

「いやぁ、生きのいいおっさんだったね」

「ショウマよ、のんきにしている暇はないぞ、ロイド君の軍服を返して奴と戦わせねば、カメラの位置も確認しなくてはならないしやることは山積みだ」

大変と口にしていますが、楽しそうにはしゃいでいる二人。高校生の放課後といった印象です。

魔王と化したザルコ……しかしこの「石の体」がまた大きな問題を呼ぶことになります。

ええ、みなさんお察しのとおりです。どう見てもアレ、石像にしか見えませんよね。

たとえばよぉ、人の金儲けを邪魔した奴が
開き直ってたら機関車くらいぶつけてもいいよな
その頃《ころ》ロイドはクロムから受け取っていた「隠れヒッキーを探せ」の資料を見ながら石像の隠されていそうな場所、怪盗ザルコが潜んでいそうな場所を捜索していました。

「人より大きいって言っていたから目立つと思うんだけどなぁ……」

せめて石像の形が分かれば――なんて事を考えながら徐々に喧噪《けんそう》から離れていくロイド。

「王様にバレないようにとは言われたけど、王様にどんな石像かだけでも聞けたらいいのに」

しばらくすると模擬店の連なる場所のちょうど真裏に差し掛かります。

そこではタライに水をためて皿などの洗い物をしたりゴミをまとめたりお客様には見せない屋台の作業をしていました。

「お、ロイド君、どうした?」

顔見知りの軍人に声をかけられ挨拶《あいさつ》をするロイド。

「あ、どうも。実は石ぞ――っと……」

本当のことを言えないロイドは口をつぐみます。

軍人は深くは聞かず「その格好させられ逃げてきたんだろ」なんて好意的に解釈してくれま

した。

「大変だねロイド君も、この先は滅多に人が来ないから休んでいきなよ。古い倉庫があるはずだよ」

「目的の倉庫だ……ありがとうございます！」

ロイドは深々と頭を下げると足早にその倉庫に向かいます。

歩き始めて数分、うっそうと生い茂る木々に隠れているような大きめの倉庫が見つかりました。

塗装の剝《は》がれている壁にはツタが這《は》っており、迷彩を纏《まと》って隠れているようにすら思えます。

「えーとここみたいだ……もしかしたら誰かが先に調べに来ているかも知れないけど、見落としもあるかもだし、取りあえず中を探してみよう」

ロイドは「おじゃましまーす」と扉を開けて内部に侵入しました。

扉から光が差し込み、うっすら全貌《ぜんぼう》が明らかになる倉庫内。

敷き詰められているのは使われなくなったであろう備品の数々が。

「色々な物がいっぱいあるなぁ……うっ、コホン！」

煤《すす》けた匂《にお》いに軽くせき込み下の方を見たロイドは偶然あるものを発見しました。

「コホッコホッ……あれ？　これって……あ！」

ロイドの見つけたもの、それはザルコが盗んだ執事服の入った箱です。中を確認してみるとシックな執事の上下が何着も入っていました。

「何でこんなところに……っと、ちょうどいいや誰も見ていないうちに着替えよう」

これ幸いとロイドはメイド服を脱ぎ執事服へと着替えました。誰もない倉庫は服を着替えるのに丁度《ちょうど》いいですからね。

そう、誰もいないと油断していたロイドが着替え終えたその瞬間でした。

「むごぉ！　むごぉぉぉ！」

「ひぃ！」

なにやらうめき声にも似た声が地面から発せられ、ロイドはたまらず身を捩《よじ》らせました。

びっくりしたロイド、なおも何かが地を這う気配。

恐る恐る下を向くと、そこには縄で縛られた王様が猿ぐつわをはめられ横たわっているではありませんか。

「えっと……」

理解の追いつかないロイドは逡巡します。

（なんだろう、誘拐された人っぽいけど……お芝居でも？　っ！　そうだ！　セレンさんがなんか縄抜けとか言っていた！　そうだよね、誘拐だったらみんな今頃てんやわんやだよね）

というわけで誘拐と一瞬思ってもスルーしてしまうロイドでした。

（王様は縄抜けの練習を密《ひそ》かにやって失敗し、助けを待っていたのか。王様は無視しろと言われたけどできないよなぁ……）

そう思い込んだ彼は苦笑いしながら「今助けます」と猿ぐつわに手をかけました。ティッシュ箱に頭から突っ込んで抜けなくなった猫を見るような「しょうがないなー」な優しい微笑《ほほえ》みを携えながらです。

「むぐぐ！」

笑ってないで外してよと涙目で訴える王様。

ロイドは痛めないよう優しく猿ぐつわを外してあげました。

「ハヒ……ハヒ……ありがとう……君」

目の前で執事服に着替えたことなど意に介さず、王様は感謝の弁を述べました。

「いえいえ、お気になさらず。ところで縄も外した方がいいですか？」

「そ、そりゃもちろん」

何でいちいち聞くんだと疑問に思う王様。まぁ縄抜けの練習していたと勘違いしているので仕方がありませんね。

解放された王様は腰をバキバキ鳴らし、手首をコキコキ動かして深呼吸をします。

「ふう、助かった……なんせ半日近くこの状況だったからね」

「ええ！　そんなに⁉　大丈夫だったんですか？」

「まぁ……途中で心折れそうになったけどね、何でスルーされたのか未《いま》だに疑問じゃが」

遠い目をする王様。

そしてロイドは聞きたいことを思い出し声を上げました。

「あ、そうだ！　王様、聞きたいことが！」

「うむ、気になるじゃろう。実はワシを誘拐した犯人は――」

「石像ってどんな形なんですか⁉」

「今聞くこと⁉」

誘拐されたことを一切《いっさい》知らないロイドに王様は「何か変だな」と考え出しました。

「この子もそうだし、先刻のあの子たちもそうじゃが……もしかして、ワシが誘拐された事を知らないとか？　いやいやまさか、王だよワシ」

そのまさかである事など王様は知る由《よし》もありませんでした。

「とにかくお体が心配です、まず医務室――」

ロイドが肩を貸し、外に連れ出そうとしたその時です。

――ドッゴーン……

何か大きな物がひっくり返されるような音が遠くの方で響きました。

「なんだ⁉」

「何事じゃ⁉」

顔を見合わせる両名。

ロイドは肩を貸しながら王様とその音のする方へ急ぎ歩いていきました。


同時刻、メイド&執事喫茶のキッチン兼石像捜索本部。

大盛況のメイド喫茶の裏手では本部長であるロールがイライラしておりました。

「ここまで手がかり一つ摑《つか》めないとは誤算どしたわ」

黒板に張り出した王城と士官学校周辺の詳細な地図は赤のチェックマークでどんどん埋め尽くされていきました。

中央区のほぼ全域を調べきり犯人と石像はまさかの中央区外かもしれない、広域捜査に舵を切る必要があるかも……そうしたらタイムリミットには確実に間に合わない最悪の事態に
——ロールのイライラは募るばかりです。

「あかんかロール」

「私も心当たりのあるところは探してみたのだが……ここも無かったな」

コリンとメルトファンが地図にチェックを入れる様子をロールは半眼で見やります。

「ちゃんと捜索したんどすか？　いちゃいちゃデートしよって見落としとか笑えないどすえ」

皮肉交じりのロールの発言にコリンは顔を真っ赤《まか》にして怒ります。

「アホ！　なわけあるかい！　いちゃ……とかやないし！　そもそも人間より大きいサイズの

石像やろ？　そう簡単に見落とさんわ！」

「ほんまどすか？　……はぁ、だとしてもここまで探して見つからんのは予想外やわ」

そんな焦燥感のにじみ出る顔のロールを励まさんとタイガー・ネキサムが大胸筋を左右交互にうねらせています。

「ヌハハ、我が輩《わはい》もタイガー・ハムストリング・ダッシュで隅々まで確認しましたが石像は見あたりませんでしたぞ捜査本部の方！」

「そしてこんな男がセットでくっついてくるなんて予想外やわ」

「それに関しては同感や、ロール」

何故《なぜ》か自然に本部にいるネキサムは周囲の訝《いぶか》しげな視線を気にもとめずダブルバイセップスのポーズをキメています。

「私もエレガントにアラン殿を追いかけ回しましたが不審者やそれらしき石像は見かけませんでしたわ」

そしてアランを捕獲してメイド服から軍服に着替えさせた後、縄で縛ってその上に椅子《いす》代わりに腰をかけ優雅に紅茶を飲んでいるレンゲに全員戦慄《せんりつ》していました。

「あれがアランの嫁さんか」「尻《しり》に敷かれるってレベルじゃねーぞ」「鬼嫁じゃ」

文字通り尻に敷かれるアランを見て男性陣はドン引きです。

「それにしてもメイド喫茶で扮装《ふんそう》することになったと一言言っていただければよろしかった

のに」

「あの状況で立ち止まったら死ぬと思ったんですよレンゲさん……」

仲の良い夫婦の会話（笑）を苦笑交じりで聞いたあと、アンズがロールに申し出ます。

「事情は聞いたぜ対策本部長さんよぉ、アスコルビン自治領のアンズ・キョウニンだ。困ってるなら助太刀するぜ」

「これはこれは、名高き領主様がなぜそこまで」

礼儀正しく一礼するロールにアンズは気っ風よく「気にするな」と手を上げました。

「ロイド君には世話になったからよぉ、探すぜ石像。ま、本当は物探しよりドンパチやる方が向いてるんだがね」

領主アンズの言葉にネキサムとレンゲも続きます。

「メルトファンの兄貴とロイド少年の為なら一肌脱ぐ虎がここに！」

「あなたこれ以上脱いだら牢屋行きよ……まぁ私もロイド少年と愛する旦那様のためにエレガントに協力を申し出るわ」

アスコルビン自治領の三名が名乗り出ると同時に後方から暑苦しいボイスが聞こえてきました。

「んっんー！　アスコルビンの皆様がこうまで言ってるのに！　ロクジョウのサーデンが黙って見ているわけにはいかないね！」

「げ、アホダンディ――じゃなかった、サーデン王」

見知った男の登場にロールは思わずうわずった声を出してしまいました。

満面の笑みのサーデンはロールを見つけると、スッと目を細めます。

「一度か二度お会いしたかな元ロクジョウ魔術学園学園長のロール君……腐敗した連中に振り回された時、助けてやれなくてすまなかったね」

国を乗っ取られかけて腐敗した連中を止められなかった負い目のある彼は深々と謝罪しました。

アホダンディのあだ名らしからぬ実に落ち着き払った態度にロールもかしこまって対応します。

「いえ、そちらの事情もフィロとメナから聞きましたわ……そちらの方が辛《つら》かったのでは？」

私の開発した死霊術で迷惑をかけた――話を振られたサーデンの妻ユビィは優しい声音《こわね》を彼女に向けます。

「ユビィ・キノンさ、あんたの開発した死霊術で色々あったけど恨んじゃいないから気に病まなくて良いよ」

「そう言っていただけると、いくらか浮かばれます……ホンマ、すいませんでした」

頭を下げるロール、そんな彼女の肩をリホがバシバシ叩《たた》きます。

「よかったなぁロール、水に流してもらえてよ」

「ふん、ロイド君には感謝せなあきまへんな」

そこに地図にチェックを終えたメナとフィロが会話に加わりました。

「でもま、このアホダンディは役に立たないから放置しておいて……私は役に立つから安心してね」

「…………この男はお茶汲みでもさせてやって」

年頃の娘による父親への冷たい言葉。意外にメンタルの脆いサーデンはさっきまでの聡明な態度はどこへやら、隣の妻に泣きつきます。

「わーんユビィ！」

「黙ってお茶くみしていなさい」

娘二人と妻による、よく見かける男親の悲しい扱われ方ですね。

そのいじられるやり取りを見て講堂内はざわつきます。

「さすがフィロ、王様相手にも動じない」「メナさんすげー」「泣きすぎじゃね王様」「ていうか雰囲気似てる？」

このままじゃ内緒にしていた親子関係がバレるとメナは露骨に話題を変えようとしました。

「っと、ところでそのロイド君はどうしたのかな？　メイド服姿でうろちょろしていると変なおじさんに捕まっちゃうんじゃないかな」

「ヌハハ、小さいお嬢さん！　確かにロイド少年は可愛《かわい》らしいがさすがに捕まりはしないだろう！　そしてここがタイガー・ネキサムの可愛らしいハムストリング（太股《ふともも》）だ！」

「……変なおじさんが言うと説得力に欠ける」

随分個性的な知り合いが増えたな……と娘の交友関係をちょっと心配するサーデン夫妻。

そしてレンゲも尻の下でうごめくアランに話しかけます。

「エレガントに要約するとロイド少年は空を飛べるほど強いのでそう言うことはないでしょうという事ですわ、ですよねアラン殿」

「そのとーりだと思います」

筋肉を見せつけるネキサムとアランに跨《また》がりながら会話を続けるレンゲ。

「この二人はアスコルビンでも特殊なんで、誤解しねーでくれ」

アンズは「アタイも困ってるんですよ」という顔で弁解しました。

そのやりとりを戻ってきた外交責任者と警備統括《とうかつ》の軍人、そして串焼き味のソフトクリームでお腹《なか》を壊してトイレから戻ってきた広報担当の偉い人三人が横並びで眺めています。

「ふむ、どうもロイド君の話をしているが……まさかアスコルビン自治領の方とも交友があるのか⁉　外交としてとんでもない逸材だぞ⁉」

「それも彼の素直のなせる業《わざ》……聞くところによるとロクジョウ王国の王様とも知り合いらしいな。警備課に迎え彼を鍛え私の跡を継いでほしいくらいだ」

「可愛いうえに顔が広い⁉　我が軍のニューマスコットになれますな！　版権や印税で金儲《もう》け

のウッハウハ！」

広報担当の方だけやたら俗っぽいですね。

さて、お偉いさんが戻ってきたことに気が付いたロール、それた話を本筋に戻そうと本部正面の地図を見やり全体に向かって話しかけます。

「とにかく！　石像は見つからずとも、ザルコ本人は必ずどこかで様子を窺《うかが》っているはずや！　各国の方も協力してくださってるんや、最後まで気を抜くんやないで！」

「「ハイ！」」

威勢のいい返事を聞き届けた後ロールは赤いチェックの付いた地図とにらめっこを始めました。

「石像かザルコ……まだ戻っていないロイド君が手がかりを見つけていたら嬉《うれ》しいんやけど……」

その時です、捜索していた軍人が息《せ》急き切って講堂内に入ってきました。

「すいません！　で、伝令です！」

「どうした、見つかったのか⁉　石像か？　ザルコか？」

軍人に詰め寄るクロム、彼は弱々しげに頷《うなず》きます。

「はい、石像が見つかりました」

その言葉を聞いてワァッと沸き上がる対策本部。

しかし駆けつけた軍人は尚も浮かない顔でした。

どうも様子が変だとロールが彼に問いただします。

「石像はどこにあったんどすか？　……問題でもあるんか？」

「せ、石像は……いえ石像が……」

軍人は息を整えると、大きな声であり得ないことを告げました。

「中央広場！　列車や馬車などの展示会場で暴れています！」


アザミ王国中央区の広場。

ややイケメンよりの王様の像が見守るその広場はロイドたちが士官学校の試験を受けたゆかりの場所でもあります。

栄軍祭ではその広場は大陸縦断列車の先頭車両やアザミ軍の実際に使用している大砲や凱旋《がいせん》パレードなどで使う馬車が展示されていて実際に触れる事の出来る人気スポットでした。

そこに、石の魔王と化したザルコが王様の像にもたれ掛かりながら叫び声を上げていました。

「〜〜〜〜〜〜〜〜〜〜〜〜〜〜〜」

三メートルほどの巨体から放たれる声にならない声。

一瞬何かのイベントかと思った観客もその異様さ、そして尋常じゃない圧力に気圧《けお》されます。

そして癇癪《かんしゃく》を起こしたかのように地団駄《じだんだ》を踏むと展示されている列車をひっくり返しました。

ズズン……と揺れる地面。

コレはイベントじゃない、と察したお客さんは蜘蛛の子を散らしたかのように一目散に逃げ出します。

奇しくも石像捜索の件で警備を厚くしていたのが幸いしたのでしょう、すぐさま包囲網とバリケードが展開され対策本部に連絡が渡ったというわけです。

ロールを先頭に駆けつけた軍人たちは皆一様に驚きます。

「なんで石像が暴れているんだ――」と。

本当は石像でもなんでもなく石の魔王なだけなのですが……ちょうどいいサイズ、ちょうどいいタイミング、さらには――

「そうか、道理で見つからなかったと思ったら移動していたのか」

「怪盗ザルコ……なかなかやっかいな事を……敵ながらエレガントです」

「前衛的と聞いていたけど意外にシンプル……いえ、逆に深いわ。愛って感じよ、上級生筆頭の私には分かるわ」

とまぁ各々都合の良いように解釈してしまい、全員この石の魔王を「プロフェンから借りた愛の石像」と信じて疑わないのでした。

そして、愛の石像を見つけたセレンは連携などガン無視で捕縛しようと急ぎ前に出ます。

「これを捕まえた方がロイド様に告白していいんですわよね！　フィロさん！」

「……あ、ズル」

ヤンデレセレン故《ゆえ》の空気を読まない先制攻撃！　一歩で遅れたフィロの前で彼女は呪《のろ》いのベルトヴリトラに指示を出します。

「何とでも言いなさい！　ヴリトラさん！　拘束！」

「任せろ！　そい！」

「セレン！　借り物の石像だからな！　傷つけるなよ！」

後ろでお偉いさんが壊さないかとアワアワしているのを見て一応忠告するリホ。

「大丈夫ですわ！　そのくらい手加減――」

刹那《せつな》、呪いのベルトによる拘束を俊敏《しゅんびん》な動きで避けると、かわしざまの裏拳で弾《はじ》き返します。

「え？」

「……こいつ、出来る」

予想に反した機敏な動きに目を丸くするセレンと感嘆の声を上げるヴリトラ。

そんな驚く軍人たちを見て石の魔王は愉《たの》しげに顔を歪《ゆが》めました。

「ソンナ攻撃デコノ「怪盗ザルコ」ガ捕マルカヨ」

「「「ザルコ!?」」」

突然のカミングアウトに一同驚愕《きょうがく》します。

そしてロールは「やられた」と舌打ちしました。

「チィ、せやったんか……ザルコは憑依《ひょうい》する能力の持ち主で石像に乗り移り、巧みに移動しながら身を隠していたんやな。ウチの開発した死霊術に近い魔術か」

目の前の石の魔王を愛の石像と信じて疑わない一同はそんな風に解釈してしまいます。なんでしょう、この急な異能バトル風の設定は。

冷静に考えれば無理のある解釈……しかし判断材料、その他諸々《もろもろ》……周囲の人間も次第にそうとしか思えなくなってしまいました。

「……バレそうになったから出てきたのかな？」

「なるほどフィロちゃん、そんで私たちが石像を傷つける事が出来ないと分かって憑依したのか、上手《うま》いこと考えたねコンチクショー」

フィロとメナは無闇《むやみ》に前に出ず隙《すき》を窺っています。

「セレンちゃんの呪いのベルトも跳ね返す力……かといってアタイの刀は傷つけちまいそうで使えない、こりゃあ無傷で確保するには骨が折れるな」

ユビィやサーデン、ネキサムやレンゲが周りの住人を避難させていますが捕獲しようにも攻め倦《あぐ》ねていました。

「ぬぅ、まいったな、フンドシを伸ばす隙がない」

メルトファンも早々にフンドシ姿になりましたが前掛けを伸ばすタイミングが掴めずにいました。前掛けを伸ばすタイミングって字面がすごいですね。

特に士官候補生の上級生たちは「傷を付けたら内定に響く」と迂闊《うかつ》に動けない状況です。後ろにいるお偉いさんの「壊すなよ」オーラがハンパないからもあります。

そんな中、この騒動に居合わせてしまったのは……普通にお祭りを楽しみに来たマリーでした。

「ちょっとどうしたの？　これ何のイベント？」

マリーを見かけて一目散に駆け寄るのは例によってミコナです。

「あぁぁぁぁ！　マリーさん！」

「ちょ、ミコナちゃん？　本当にどうしたの？　あの石像って例の？」

出会って五秒で密着のミコナは周りの目など気にすることなくとろけた顔でマリーを見つめています。内定に響くんじゃないですかその行為。

「そうです！　恋愛成就の石像です！」

「恋愛ってこんな大暴れする物なの？　本当に恋愛の石像なのかしら……きゃあ！」

マリーのもっともな意見ですがそれはザルコの次の行動にかき消されてしまいました。

「ヌアァァァ！　クタバレェェェ！」

ザルコはさらに鬱憤《うっぷん》を晴らすように列車を叩きつけました。車輪が宙を舞い落下して地面に突き刺さります。

「くぅ！　このままじゃ危険だ、いつ怪我《けが》人がでてもおかしくないぜ！」

「でも傷つけられへん……どないしょ」

打つ手無し、閉塞的な空気が辺りに漂いました。

その時です。

「くそ！」

見かねたアランが一歩前に出ました。

「おい！　アラン！」

制止も振り切り、アランはザルコに向かって力の限り叫びます。

「やめろザルコ！　お前の目的は俺《おれ》だろ！」

「ヌ……」

振り向くザルコは小さき者を見るようにアランに近寄り見下します。

一瞬おびえた様子を見せるアランですが意を決して啖呵《たんか》を切りました。

「聞け！　泥棒風情が！　やめろって言ってるんだ！　お前の目的は俺を退学させてリドカイン家やアザミ軍への嫌がらせがしたいんだろう！」

「………アァ?」

「だから……辞めてやってもいいって言ってるんだよ！」

突飛な発言にクロムが彼を制止します。

「アラン⁉　なにを⁉」

アランは背中でクロムや他《ほか》の軍人たちに語ります。

「これ以上俺のせいで人が傷つくのはイヤなんでね……それに、身の丈に合わない名声をリセットするにはちょうどいいかなってさ」

そしてレンゲの方にアランは振り向きます。

「あ、アラン殿……」

「無職になっちまうけど……こんな俺でいいかな？　レンゲさん？」

「ええ、もっと好きになりました」

まるでラブコメな逆プロポーズ。とってもいい雰囲気が辺りに立ちこめました。状況が状況じゃなかったら祝福の拍手でも送りたいくらいのシチュエーションでした。腰元の斧《おの》に憑依したスルトも「ったくカッコつけやがって」なーんて半笑いな感じで呆《あき》れています。

アランはシリアスな表情に切り替え、石の魔王と化したザルコを睨《にら》みます。

「さ、返せよ石像を。ムカつくのは俺だろ……なんなら一発ぶん殴ったっていいんだぜ！　俺の長所は頑丈さだからな！」

覚悟を決めたアランは頬《ほお》を差し出します。

が、ザルコは至って興味なさげでした。

「ブッチャケ！　ソンナノハドウデモイイ！」

「え？」

「俺ガ憎ンデイルノハ！　アザミ王！　アザミ軍！」

「ちょっと待て！　お前目的忘れてるんじゃねーぞ！　せっかく俺カッコつけたのに台無しじゃねーか！」

「アァァァァァァァ！　アッシヲコケニシヤガッテ！　アザミニクイニクイニクイ！」

どうも魔王に憑依され自分をコントロールできなくなっているみたいですね。

「おい！　ヤベーぞ！　野次馬の人ももっと離れて！」

マリーが足をつって倒れてしまいました。例の呪いのルーン文字のせいでしょうね。

「ふんぎゃ！　おぼふっ！」

淑女ならぬ声と共に前のめりになって顔面強打するマリー。

「ヌゥゥン！　人質ィィ！」

一人取り残されてしまったマリーはザルコに捕まってしまいました。

「マリーさんのバカ！　普段運動していないから！」

リホの指摘にマリーは全力で反論です。

「違うの！　確かに運動不足だけど……あぁもう！　あのロリババア！」

ザルコは高々とマリーを掲げくぐもった声で笑います。

「サァ！　一般人ヲ捕マエタゾ！　コイツヲ握リ潰《ツブ》サレタクナケレバ！　本物ノ王様ヲダセ!!」

「ところで本物の王様ってなんや？」

ロールが疑問に思うのも無理はありません、運の悪いことが積み重なってもはや逆恨みの域ですから。

さて、魔王と化したザルコが手にした一般人……それが身分を偽《いつわ》った王女様で話が一気にややこしくなりました。

まずマリーさん大好きのミコナが暴走を始めました。

「マリーさん！　おのれザルコ！　粉微塵《こなみじん》にしてやる！」

トレントとアバドンの能力を同時解放しいきなり決戦モードのミコナさんを周りの上級生が必死になって止めに入りました。

「待てミコナ！　下手に刺激したら人質の命が！　やるにしてもタイミングを見計らえ！」

「そうやでミコナちゃん！　セレンちゃんを止めたあの動き見たやろ！　一人で突っ込んで取り返しつかないことになったらどうする！」

その流れに広報担当の上官が大仰に頷きます。

「そうだ！　石像に傷ついて取り返しつかない事になったらどうするんだ！」

「……だれかあのおっさん黙らせて」

さすがのフィロも嫌悪感が表情ににじみ出てしまいました。

「一般人に死者が出たら問題だ……しかし石像を壊してしまったら……」

「進退伺いを出す事になるだろう。人質と石像、どっちも助かる道はないかね、ロール君」

警備統括と外交官トップの軍人がロールに何か案はないのかと尋ねました。

進退伺い……彼女は苦い顔をして舌打ちします。

「そら人命が最優先どすが……両方助かる道……」

自分のクビが掛かっていることをハッキリと伝えられ、手がちぢこまってしまったロールは一斉攻撃の号令が出せずにいました。

その時です――

「何事ですか？」

広場に凛《りん》とした少年の声が響きました。

その場にいた全員が振り向いた先には、王様に肩を貸す執事服姿の少年……ロイドがいました。

ロイドと、何故か泥だらけの王様を見てクロムは驚き駆け寄ります。

「ど、どうしたんですか王様」

簡単に誘拐されてしまった事を悔いている王様は申し訳なさそうな表情でした。

「すまんなクロムよ、心配かけて」

「いえ、心配はしていませんが……なぜお召し物に泥が？」

「せんのかーい！」

この場にいる全ての軍人が「王様誘拐」の件を認識していないのですから仕方がないですよね。クロムに至っては「きっとはしゃいで転んだんだろう」としか思っていませんでした。

さっきから微妙な扱いに王様はプリプリ怒り始めました。

「ったく、ワシが誘拐されてさぞかし心配――うん？　なんじゃあの石像は？」

王様の視界に石の魔王と化したザルコがフレームインしそうになった瞬間、軍のお偉い方三人衆が鉄壁のディフェンスでガードします。

「王！　お召し物が汚れています！　今拭《ふ》きますね！」

「いやあの石像はなん――」

「王！　お顔を拭きますね！」

「しかもあそこにマリア……フガッ！」

「王！　あっそーれ王！」

「どこを拭《ぬぐ》っておる!?　そこは汚れとらんわい！」

軍人とわちゃわちゃしている傍《かたわ》らでロイドは驚き戦慄《おのの》いています。

「っ！　マリーさんが！　……どういうことですか!?」

「落ち着いて聞いてロイド君、実は石像にザルコが――」

メナから説明を受けたロイドは驚いた表情を見せた後――

「そうだったんですか……なんて卑劣な……」

躊躇《ためら》うことなくザルコの前に出ました。

「き、君！　何をする気だ！」

広報のお偉いさんが切羽詰まった声を上げますが、ロイドは意に介さずザルコに向かって吠えます。

「その人を離してください！　僕が……人質になりますから！」

彼の申し出に石の魔王と化したザルコは目を丸くします。

「オ前ガ？」

「そうです、だからその人を離してください！　それとも僕が怖いんですか！」

ロイド必死の挑発。

しかしザルコは嘲《あざけ》るよう笑いました。

「怖イトカジャネーンダ、イイカ、アッシハ、オ前等アザミ軍人ガ困ル姿ガ見タイダケナンダ」

「な、なんですかそれ」

「アッシヲ弄《モテアソ》ンダオ前等ヲ弄ンデ何ガ悪インダ？　怪盗ザルコヲ馬鹿《バカ》ニシタラドウナルカ目ニモノ見セテヤルッテンダヨ！　大体俺ハ目立テリャ何デモイインダ！　人ヲ見タ目ダケデ冴《サ》エナイ人間ダッテ見下シタ連中ヲ見下シ返シタインダヨ！」

「そんな低俗な理由で……石像を……マリーさんを」

チリ――

大気が震えます。

リホやクロム、アンズといったロイドの実力を感じることのできる人間は、その只ならぬ圧力に身をすくめました。

ロイドは鋭い目つきでザルコを見上げました。

「あなた、悪い人ですね」

「オウ、アッシハ怪盗ザルコダゼ！　悪クテナンボヨ！」

開き直るザルコ。

ロイドは拳《こぶし》を強く握りました。

「最低ですね——」

そんな彼の後ろから広報担当のお偉いさんが水を差すような言葉を投げかけます。

「君！　やる気になるのは良いが、石像に傷が付いたらクビだぞ！」

あまりにも場の空気を読めない発言。警備統括と外交トップのお偉いさんは同時に彼の頭を叩きました。

石像に傷が付いたらクビ——

その言葉を耳にしたロイドはおもむろに腕に巻いた一年生筆頭の腕章を外すとアランの方に投げます。

「ろ、ロイド殿？」

「あとはお願いします、アランさん……みんなのことを」

「みんな？　あと？　はい？」

ロイドはさらに一歩前に出てザルコに肉薄し……思いの丈を大きな声で叫びます。

「ここで人を助けられないのなら、僕の目指す軍人じゃない！　そして、大切な人を守れるのなら！　僕は軍人でなくたっていい！」

「ナンダオ前、怒ッテイルノカ？」

「怒っていますよ」

「オ前ガ怒ッタトコロデ何ニナルンダ？　小サイガキノ分際デ」

ぱっと見はか弱い少年と巨軀《きょく》の石像。

勝てるわけがない……と警備統括の軍人が見守っている周りの人間を咎《とが》めます。

「おい！　止めなくていいのか！」

慌《あわ》てる彼に対し、リホは口の端を吊《つ》り上げ不敵に笑っていました。

「あーなったら止まんないですよ、ロイドは。今から石像を壊すなって言っても遅いですよ」

落ち着いているリホに対し警備統括の軍人はつばを飛ばして抗議します。

「違う！　絶対に殺すなあの少年を！　殺してはいけない！　あの少年こそが、この場で一番のアザミ軍人ではないか！　素直で真《ま》っ直《す》ぐで！　今のアザミが失ってはいけない人材だ！」

外交トップの軍人も大いに同意します。

「そうだ、イス取りゲームばかりやっていて忘れていたが……あの子は忘れた昔の私だ！　早くあの子を……って何でそんなにのんきなんだ⁉」

彼の熱気に反比例して、ロイドの強さを知っている面々は勝利を確信していました。

「……もうアレに明日はない」

「あーあ、マリーさんのポジション今からでも変わって欲しいですわ」

「ったくベルト姫、平常運転にもほどがあるだろ……」

「いいえ！　ロイド・ベラドンナのポジションは私でありたかった！」

何がなんだか、という軍人トップのお三方の前にクロムが自信ありげに立ちます。

「三人とも、よく見てください、彼こそが――アザミの誇れる真の軍人なのです」

一方ザルコはロイドのふざけた容姿と生意気な態度に激高し始めました。

「ソンナ姿デアッシニ説教スルノカ！　コロス！　コロス！　アーモウコロス！　コノ女握リツブシテ――」

ザルコは手の中に捕まっているマリーを睨み、力を込めようとした瞬間でした。

ボヒュ――

「アン？」

一閃《いっせん》。

それは一瞬の出来事。

何の前触れもなく突風が駆け抜け――

「ア、アッシ……アッシノ手クビ！　ガァ！」

ザルコの手首から先が消滅していました。

砕けた石の断面を目にして呆気《あっけ》にとられるザルコ。

「で、どこで握りつぶそうとしたんですか？」

非常に落ち着き払った声が上から聞こえ、ザルコは石の首をミシミシ鳴らしながら遙か上空を見やります。

そこには雲一つない青空を背景に、ロイドがマリーごとザルコの手首を片手で持ち上げながら空を飛んでいました。絵画のように神秘的な光景です。

「空ヲ！　手首ヲ！　何ゼ⁉　アノ一瞬デ⁉　ドウシテ⁉」

思考の追いつかないザルコは短い言葉を羅列し狼狽《うろた》えています。

そしてロイドはマリーの体に食い込む石の指一本一本を引っ剝《ぱ》がすと粉々に粉砕し空へ撒《ま》いてみせるのでした。

「痛くないですかマリーさん？」

「え、ええ……」

いつもと違う彼の横顔に戸惑うマリー。

ロイドは「ミコナさん！」と叫びながら彼女の元に降り立ちマリーの身を預けました。

「マリーさんをよろしくお願いします」

マリーを抱き抱えながらミコナは誕生日プレゼントを渡された子供のように無邪気にはしゃぎます。

「ナイスパス！　分かってるじゃないロイド・ベラドンナ！」

「あと……僕が士官学校辞めた後も、クラスのみんなには良くしてくださいね」

「――ふん、最後の頼みとして受け入れてあげるわ」

ロイドはどことなく悲しそうな、でも力強い笑みを浮かべると、空を飛んでザルコの前に着地しました。

「ナンダナンダ！　タダノ人間ガ⁉　ナゼ空ヲ⁉　エアロノ魔法デ？　ソンナ馬鹿ナ！」

エアロでホバリングする非常識な行為を見て石の魔王と化したザルコですら唖然《あぜん》としています。

「ま、そーなるわな。こないだのアタイと同じリアクションだぜ」

アンズは苦笑しながら頭をボリボリ掻《か》いています。

「いやー、ちょっと見ない内にすごいねロイド君……空を飛ぶほどなんてさすがに想像つかなかったよ」

「あの子と戦ってよく命があったわね私……」

サングラスをずらしながらロイドの斜め上の成長に呆れるサーデンと涼しい顔に汗びっしょりのユビィ、夫婦そろって満点のリアクションです。

「ソウカ！　トリックダナ！　コノ期ニ及ンデアッシヲコケニスルカアザミノ軍人メ！」

手首を吹っ飛ばされた事すら忘れ激高するザルコは腕をぶん回して襲いかかります。

羽虫を地面に押しつぶすようなザルコの力任せな叩きつけ。

地面に亀裂が入るほどの攻撃ですがロイドはそれを片手で受けきります。

「そっちこそ全然腰が入っていないですよ、僕に片手で受け止められるなんて訓練不足じゃないですか？」

「なぁ⁉」

「弱い僕でも！　すばらしい師匠《ししょう》の元！　修行の聖地アスコルビンで特訓すれば！　努力すれば！　このくらいはできるようになります！」

ロイドは受け止めた拳を払いのけるとエアロで滑空し瞬時に後ろに回りザルコの腰に強烈な蹴《け》りの一撃をお見舞いしました。

「ヌハハ！　そうとも！　元々素質のあったロイド少年はアスコルビンでさらなるハッテンを遂げたのだ！　ロイド少年は！　筋肉が育てたといっても過言ではない！」

「あなたが育てたわけじゃないのになんで威張ってるのかしら？　……ま、気持ちは分かるけどね、エレガントに」

ロイドを甥っ子みたいに思っている二人、ネキサムとレンゲは顔を見合わせ笑います。

「……ったく、アスコルビンっつーかその場に居合わせた魔王サタンさんがロイド少年を訓練したおかげなんだけどよぉ……幸せな奴《やつ》らだぜ」

と言いつつも二人のように笑っているアンズでした。

そんな中笑ってられないのは魔王と化しても翻弄《ほんろう》されるザルコです。

背中に強烈な一撃を食らい自分の体にヒビが入るという人生初の体験に恐れ強《こわ》ばります。

「ゴ、ガ！」

吹き飛ばされ、体勢を立て直そうと空中で受け身の姿勢をとる彼ですが……建物の方につっこむかと思いきや――

「まだです！」

とてつもないスピードで回り込むロイドが建物とザルコの巨体がぶつかる前に蹴り上げます。

ゴッという鈍い音がして石の巨軀が宙を舞いました。

お手玉のように翻弄されるザルコ。

そして……彼は宙に浮かされたままロイドの怒りをその身に受けることになるのでした。

「このまま！」

ガゴン！　とザルコの片足がロイドの拳によって削ぎ落とされます。

「地面に落ちる前に！」

ドガガッ！　さらに旋回して返す刀で切り落とすようもう片方の足も手刀で削ぎ落とします。

「あなたを！」

ガッ！

残された片腕をヘッドバッドで粉砕。

「粉々に！　して！　みせます！！！！」

ゴン！　ガッ！　ゴンッ！　ガッ！　ガッ！　ガッ！　ガッ！

ロイドのエアロで加速した拳足による猛攻の雨霰。

空中で猛禽類についばまれるようにザルコは地面に落ちることなく石の体を削られ、削がれ、粉砕され――

……ゴトリ
残されたわずかな胴体と頭部だけが地面に落下し転がりました。

「オ、オ、オ……」

もう嗚咽《おえつ》しか漏《も》れないザルコ。

最後、ロイドは着地と同時に残された胴体すらも打ち降ろしの拳で砕き、普段の彼からは想像できない鋭い眼光を放ちました。

「最後に、残された頭で、反省してください」

凶悪な化け物を容赦《ようしゃ》なく粉砕したロイドを見て畏敬の念を表す周囲の人間は静まりかえります。

しかし、彼の強さを知っている人間は惜しみない拍手を繰り出しました。

「すげぇ！」『なにあの執事服の少年！』『空飛んだぞ！」

一方で士官候補生たちは沸き上がります。セレンたちロイドに近い人間以外もロイドの強さを目の当《ま》たりにして興奮状態です。

「強いんじゃないかなーって思ってたけどここまでかロイド君」「すげー！　うちのクラス化け物だらけじゃん！」

リホが呆れ顔でロイドの方を見やります。

「まったく、ついにとうとう大勢の前で言い訳できないレベルで活躍しやがったロイドの奴」

「ぬぅ、ロイド様のファンが増えてしまいそうですが……まぁ私の正妻の座は揺るがないですわね」

「……………自信も付いたみたい……あとは自覚……いろんな意味で」

ザルコとの決着が付いた後、ロイドは一目散にマリーの元へ向かいます。

「マリーさん、大丈夫ですか⁉　怪我は⁉」

「ま、まぁね。足つっちゃったくらいよ」

ロイドはほっと胸をなで下ろします。

そして同時に、申し訳ない顔をしました。

「ごめんなさい……プロフェンの石像壊しちゃったから……きっと僕、士官学校クビになっちゃいます。入学試験の頃からお世話になっていたというのに……こんな形で……」

「私のためにしてくれたんでしょ……悲しい顔しないで、一緒に謝りに行くから、この国の王女として」

「もうマリーさん、こんな時にも冗談を」

笑い合う二人、ちなみにマリーは「まだ信じてくれないのね」と非常に寂《さび》しい顔で笑っています。

「私の目の前でイチャイチャしないで……」

一番ダメージを受けているのはミコナですね、血涙流して目の前のラブコメを苦痛の表情で見届けていますから。

さて、そのロイドとマリーの様子を見て王様は目を丸くしていました。

自分の娘の恋する顔は執事服の少年に向けられていたからです。

「…………あの少年は、確かマリーの宿に住んでいるお手伝いの少年……？　しかしあの強さ……ワシは勘違いしていたのか？」

マリーが恋をしているのはアランではなくロイド、そしてアバドンから自分を救ってくれたのは彼だったと気がついたようです。

「アランがめざましい活躍をしていたから勘違いしていた……そうか、彼が」

王様がロイドに近寄ろうとしたその時です。

「「「王様！」」」

軍のお偉いさん三人衆が王様に立ちふさがるよう前に並んで深々と頭を下げました。

そしてまず警備統括の軍人が頭を上げ王様に訴えかけます。

「すみません、プロフェンの石像を怪盗に盗まれ、このような事態を引き起こしてしまったのは私の責任です！　責任は私がとります、だからあの少年の処分は……」

続いて外交関係のトップが頭を上げ訴えます。

「いいえ、プロフェンとの……外交関係の失態は私が負うものです！　私が責任を負いますのでどうかあの少年は……アザミに必要なあの軍人の鑑《かがみ》は……」

最後に情報担当の軍人が頭を上げました。

「この二人が責任とりますので！　あの少年は軍に残してください！　あの強くてカワイイ華のある人材は広報戦略に欠かせません！」

「「オイこら！」」

さすがに虫の良すぎる発言に警備と外交の二人が広報の軍人の胸ぐら掴んで怒ります。

「だって……まだ家のローン残っているし……」

お偉いさん三人衆のコントじみたやり取りを王様はなんのこっちゃと嘆息《たんそく》交じりで呆れます。

「お主ら……ワシがあの少年をクビにするわけないじゃろう……しかしなんでクビって発言が？」

「しかし、プロフェンから無理言ってお借りした愛の石像をあそこまで見事に壊してしまったら……」

王様は頭だけになったザルコを見てあっけらかんと答えます。

「うん？　あれはプロフェンの石像ではないぞい。あんなシンプルではなく本物はもっと複雑怪奇で前衛的な代物じゃ」

「「「「は？」」」」

ロールを含め一同は驚愕の声を上げました。

「じゃ、じゃやあれは何でしょうか？」

「いや、知らんし……」

その時です、粉々にされていたザルコの飛び散った欠片《かけら》が頭部を中心に集まり始めたではありませんか。

瞬く間にザルコの手足は復活し元通りになりました。

「フ、フハハ！　アッシヲナメタノガ運ノツキ！　コノ石ノ魔王ハコノ程度デハ死ナナイ！」

「石の？　魔王？」

「ソウトモ！　オジケヅイタカ!?　石ノ魔王――」

「ま」

「マ？」

「紛《まぎ》らわしいんだよぉぉぉぉぉ！」

全く別件で騒動を巻き起こしていたザルコ。

士官候補生たちに加えて各国の精鋭たちによる手加減なしの猛攻が繰り広げられるのでした。

そりゃもう今までたまっていたフラストレーションが大爆発です。

「エ？　チョ？　ドウシテ？　サッキマデ余裕デヨケラレタノニ何デ？　貴様ラ手加減シテイタトデモイウノカ⁉」

「手加減するに決まってるだろう！」

「……もうしないけどね」

「再生追いつかなくなるまで攻撃してやるぜ」

「マリーさんを痛めつけた罪、あと私怨《しえん》諸々コミコミで償ってもらうわよ」

まさにフルボッコ。先ほどのロイドの攻撃などカワイイくらいのリンチです。

「おーい皆どいてくれ、デカいのぶつけてやるからよぉ！」

おっと、リホに至っては展示されていた列車に乗り込んで石炭をぶち込み始めましたね。

運よくザルコの暴走に巻き込まれなかったのは魔石と石炭のハイブリッド列車。その列車をリホは石炭とミスリルの義手により増幅された魔力で無理やり動かし始めます。こんな芸当ができるのは彼女くらいなものです。

「オ、オイマサカ……」

うろたえるザルコにリホは物凄《ものすご》く悪い顔を向けるのでした。

「そのまさかだコラ！　手前のせいでしっかりメイド喫茶は回せなかったんだ、しっかりやればどれだけ儲けたか……」

かなりの私怨が入っているリホは恨みの限りを込め汽笛を鳴らします。

軍人は誰も止めません、そして皆の気持ちを代弁しているかのように動き始める列車。

ポォーーーーー！　………ガシュン……ガシュン……

道なき道を進み始める魔石列車は半壊しているザルコへと進路を向けています。

「おらぁ！　くたばれ悪党！」

「ソンナノブツケルナンテドッチノ方ガ悪党ダァァァァア！　ギャァァァァア！」

展示台から飛び出した列車はそのままゴーレムザルコに一直線。

ドッガァァァン！　キュルキュルキュルキュル……

とてつもない衝撃音と共にザルコにぶつかり列車は横転。止まらない車輪は地面をえぐりえげつない音を立て続けていました。もちろんザルコは粉砕、パラパラと砂粒が雨のように周囲に降り注《そそ》ぎました……人間だったと思うとぞっとする光景ですね。

その惨状を目の当たりにした周囲の見物客は恐れおののき始めました。無理もありません。

「い、いったい何なんだ……」

事態を収束させるためロールは魔石による拡声器を持ち出すとアナウンスで誤魔化《ごまか》し始めました。

「え、えーとお集まりのみなさん！　これはその……アザミのイベントの一環どす！　で、デモンストレーション！　新型列車の耐久テスト！　その他諸々そんな感じのもんですわ」

半壊している新型列車、テストだったら大失敗ですけどいいんですかね。

そんなロールの言葉にお客さんの反応はまちまちです。

「だと思った、すごかったし」「イヤでも危なかったぜ」「パフォーマンスなら相当気合い入ってたわね」

「そう、この軍の力をもって国民の皆様を守る、そのことが愛なのです！」

両手を開き演説するロール、めっちゃ汗だくの彼女を見て義理の妹分であるリホが同情の目を向けます。列車をぶつけてスッキリしたんでしょうね、いい顔です。

「おーおー、無理矢理にまとめやがった……こんな苦労するなら偉くなりたくないもんだ」

ちらほら聞こえる「アザミの愛って怖いね」と呟《つぶや》く市井《しせい》の人々を見て彼女は苦笑するのでした。


さて、各自のフルボッコタイムが終了し、スッキリする軍人たち。

再生して粉砕され再生しては粉砕され……さすがに魔王の力を宿してもロイドを含む全員にボコされては為《な》す術《すべ》なし、ついには心折れて元の人間に戻ったのでした。

ザルコを捕まえたクロムはなおもスッキリしない顔をします。

「しかし、とすれば本物の石像はどこへ……」

「え、石像?」

マリーの反応にロイドが答えます。

「実は盗まれまして、今犯人を捕まえたのですが……」

「そ、そうだったの。しかし石像ね……ん? なんかあったような……」

「心当たりがあるんですか?」

というロイドの問いかけにマリーは何とも言えない表情を繰り出しました。

「うーん、アレが愛とは口が裂けても言えないわね……よくて魔除けだもの」

アルカは泣いていいと思います。

マリーが唸《うな》っている傍らでは軍人等が心の折れたザルコをひっ捕らえて「さぁこれから尋問だ」と盛り上がっていました。

「いずれにせよ、あの怪盗から聞けば石像の在処は自ずと分かるやろ。ご苦労様ロイド君」

捜索本部責任者としてロールが労《ねぎら》いの言葉をかけていたその時でした。

「ろ、ロールさん!」

一人の軍人が血相を変えて現れ、ロールはうっとうしそうにそれを見やります。

「なんどすか? これから犯人のザルコを痛めつけて石像の在処を吐き出させようって時に」

「そ、その石像らしき物ですが……も、戻っていました! 宝物庫に」

「「「ハァ！？！？」」」

あまりの急展開に事情を知っている人間は呆気にとられました。王様とマリーだけが状況を理解できずポカーンとしていますね。

一体全体どういうことなのか？　そんな折り、サタンがアルカの首根っこを摑んで現れます。

「まったく、そんな下らないことで勝手に隠したとは……ほら見たまえアルカ氏、大騒動になっているぞ」

「くだらなくないわい！　お主にもあるじゃろ！　黒歴史の一つや二つくらいは！」

「あったとしても人を巻き込むような処理の仕方はしませーん」

子供のような会話、しかしその端々から感じる不穏な空気に感づいたリホがサタンとアルカにそれとなく尋ねます。

「お久しぶりですアルカ村長にサタンさん、今勝手に隠したとかなんとか言っていましたが……」

なんとなく言いたくないアルカは全力で誤魔化す姿勢です。

「いやー何でもないぞい」

「あぁ、リホ氏。実はなぁ……」

裏切るのか！　というアルカの叫びを無視して、サタンは彼女が行為に及んだ理由と事の顚末《てんまつ》を余すことなく伝えました。

アルカのぶっ飛び具合を知っているリホやクロムたちは石像盗難のオチに腰が抜けてしまいそうになりました。

「こんなオチだったとは思いたくありませんでしたわ……」

「……キングオブはた迷惑」

「我が軍の宝物庫に簡単に侵入された時点で疑うべきだったな」

さんざんな言われように半泣きのアルカはロイドに慰めてもらおうとします。

「おおぉぉん、ロイドやぁ、みんながいじめるのじゃぁぁ！」

その抱擁《ほうよう》をロイドは華麗に回避します。それはもう、拒否反応をバリバリに出して。

「反省してください、村長」

「え、ロイド、冷たくない――」

「反省してください」

アルカは魂が抜けてしまいました。溺愛《できあい》する孫に叱られたおばあちゃんが如《ごと》くです。

さて、色んな意味で一段落ついた流れですがクロムは拭えない疑問に「うむむ」と唸っています。

「しかしザルコの奴いったい何を盗んだと……あぁ、狂言か。怖いですなぁ王様」

「………」

「どうしました王様？」

「……何でもないわい、言ったら色々アレだからあえて言わんわ」

ここで自分が誘拐されていたと言ったら大円団に水を差してしまう……久しぶりに空気を読んだ王様はこのことを墓場まで持って行く覚悟を決めたようです。

気を取り直した王様はマリーの方に近寄ります。

「マリア、怪我はないか」

「え、ええ。運が悪かっただけよお父様」

「すまんのう、ワシが呼んだせいで……しかもお前のために用意したイベントがメチャメチャになってしまった……怖い思いだけさせてしまったようだな」

そう言われたマリーは一瞬目を丸くしましたが、すぐさま優しい微笑みを返します。

「いいのよ、気持ちだけでも嬉しいわ、それに――」

そしてマリーは目を細め、ロイドの方を見やりました。

「――私だけのイベント、堪能《たんのう》したから」

自分を大事な人だと言って本気で怒って本気で助けてくれた彼を見やり頬を赤く染めるマリー。

その横顔を見た王様は父親の顔をしました。

「そうか、やはり彼だったのか……気が付くのが遅かったらアランを王室に迎えてマリアにボコボコにされるところじゃったわ……」

「え？　お父様、なんて？」

「いや、こっちの話じゃ……ん？」

勘違いを恥じている王様にサーデンとアンズが近寄ってきました。

「やぁアザミ王、お久しぶりです！　ロクジョウの一件、お礼を言いたくて来ちゃいましたよ！」

「おぉ、サーデン王。いやいや、お礼なんて」

「特にロイド君にはお世話になりました……もしかしてこの方はマリア王女ですか？　ん？」

「アハハ、改めましてお久しぶりです」

そういえば名乗れなかったとマリーはバツの悪い顔をします。あの時はロイドにカッコいい衣装を着せて悦に入《い》ったり色々自分の欲望に勤しんでいたのですから。

そこに妻であるユビィが会話に加わります。

「あの時はゴタゴタしていたからね。妻のユビィです、アザミ王の計らいで今は夫と共にいられるようになりました」

深々と頭を下げるユビィ。アザミ王は「顔を上げてください」と促します。

そこにアンズも割り込んできました。

「やれやれ気が付かなかったのかアホダンディさんよぉ、アタイは結構早い段階から気が付いていたぜ」

「おっと、これはアンズ様。いやいや女性の勘は恐ろしいですね」

いつもだったら皮肉の一つや二つ返してくるサーデンが何も言ってこないことをアンズは不思議に思います。

「会議で会った時より角が取れていやがるな、サーデン王もあの子に助けられた口かい？」

「も……ってことはアンズ様もですか」

「あぁ、面倒な輩が自治領を支配しようとしていてな、ロイド少年のおかげで何とかくい止めたって感じよ、改めて礼を言わせてもらうぜアザミ王」

二つの国の王に認められているロイド・ベラドンナという少年をアザミ王は改めて見やります。

彼は警備統括の軍人や外交トップの軍人、広報担当の軍人に囲まれ困った顔をしていました。

立場や責任しか考えていない軍の上層部の三人にも頭を下げさせるほどの人物。

「ドラゴンスレイヤーアランと同じ、いやそれ以上の逸材……ロイド・ベラドンナ君か……もし、覚悟があるのなら娘にふさわしい立場になってもらわないとな」

独《ひと》り言《ご》ちる王様にサーデンとアンズがひとまず移動を促します。

「さぁアザミ王、パレードなど控えているのではないでしょうか」

「おうそうだ！　元気な姿を国民にアピールすんだろ！　色々話したいことはあるけどまずはそっち優先だぜ！　……ところで何していたんだ王様」

「ほっほっほ……内緒じゃよ」

笑ってはぐらかした王様は再度ロイドを見やると、笑ってお城へと戻っていったのでした。

一方、ロイドに軍服を取り返した後、即カメラをセッティングしザルコとの戦いを余すところ無くフィルムに収めたショウマはバーゲン品を全て買い尽くした主婦のようにホクホク顔でした。

「いやー最高のショットだ！　執事服で超絶バトル！　熱いしカッコイイ！　メイド服をずーっと着ている時はどうなることかと思ったけど、終わりよければ全てよし！　だね！　軍服は後でこっそり返そうっと！」

そして映像をもう一度、カメラ付属のモニターで確認し……溢《あふ》れんばかりの笑みを浮かべます。

「熱いね！　熱い！　熱いよこの映像！　ロイドが英雄として相応《ふさわ》しい、揺るがない活躍シーンじゃないか！　これ一本で映画ができるくらいだ！」

そこまで言い切るショウマですが「いやいや待て待て」と自分に言い聞かせます。テンションのあがった人間がよくやる独り言《ひとりごと》ですね。

「待った待った！　すっげー人に自慢したいけど！　世界に魔王を解き放ち！　それをロイドに倒してもらって！　しかるべきタイミングで世に知らしめないと！」

ショウマは軍の偉い人に囲まれているロイドを見て笑顔で目を細めます。

「熱いね、軍の偉い人にも認められたみたいで、活躍する素地もできてきたじゃないの」

盛り上がるショウマ。

そこにソウが現れます。彼とは対照的に、どことなく浮かない表情でした。

「やぁ！　ソウの旦那！　……どうしたの？　いつも以上にローテンションだね」

「ショウマか……いや何というわけではない」

はぐらかすソウに疑問を覚えながらも、ショウマは撮影した映像を自慢したいのかモニターを見せまくし立てます。

「そうだ！　元気になる映像見せたげるよ！　どうだいロイドの活躍シーン！　あとはあの子にとって歯ごたえのある悪役をたくさん用意して世界をピンチに！　それをロイドに救わせれば……英雄になれてロイドは満足！　俺も満足！　世界も満足！　熱い感動のフィナーレ！

――ラスボス役はもちろんソウの旦那だ！　そして絶好のタイミングでこの映像を世界にリリース！　誰もが彼が世界を救ったと疑わないようにすれば……念願の消滅が叶《かな》うよ旦那！」

そんなまくし立てるショウマですがソウはどこか上《うわ》の空でした。

「……あぁ、あの子を新たな英雄にして、私は消える……だな。私が消えた後、万が一復活しないようにソウは悪、ロイド君は善、その揺るがぬ証拠として映像を残してくれ」

それだけ言った後、ソウはトボトボ歩き帰ろうとしました。

彼の背中を見ながら、ショウマは小首を傾《かし》げます。

「どうしたんだソウの旦那？　ロイドの活躍シーン見て興奮しないなんて……まぁそうか、いよいよ死ぬことができるんだ……感慨深くなるのもしょうがないよね」

ショウマは自分に言い聞かせると湧《わ》き出た違和感を押し殺し彼の後ろをついて行くのでした。


ソウが浮かない顔をしていた理由……

それは数分前に起こったとある出来事のせいでした。

「やぁやぁ！　そこのナイスミドルなのか初老なのか分からない男性の方、ちょっといーでーすかー？」

栄軍祭の往来で不意に妙なテンションの声に呼び止められ、ソウはゆっくりと振り向きます。

そこには手に風船を持ったウサギの着ぐるみがじっと彼を見つめていました。

ピンクな外連味《けれんみ》たっぷりの風貌《ふうぼう》はお祭りの雰囲気とよく似合っています、しかしその徹底したファンシーな動きがかえって不気味さを演出していました。人間味がない、といった方が良いのかも知れません。

「何の用だね」

ソウは臆《おく》することなくその道化に徹するウサギに問いかけます。

ウサギの着ぐるみはキュムキュム足音を立てながら近寄ってきます。

「いえね、風船配っていたらさ、面白《おもしろ》い光景を目の当たりにしちゃったからずーっと気になっていて……同じ小説たくさん買って林の中に入っていったけど、なんでかな?」

「燃やすためだ」

「わーおバーニング」

即答するソウに臆することなくおどけるウサギの着ぐるみ。理由を知っているかのようなとぼけたリアクションでした。

ソウは一息つくとこちらの番と問いかけます。

「まぁいい、ところで……私が何に見えるかね」

不思議な問いにウサギは「うーむ」とわざとらしく悩むふりをしました。

「昔からの友達かな」

「ほう」

意外な返答とソウは感嘆の声を漏らしました。

「まぁ歩きながら語らいましょうよ……ルーン文字人間、怪人ソウさん。あなたの隣ならたとえウサギの着ぐるみが歩いていようとも不自然には思わないでしょう? 人間に何となく自然に思わせる特技の持ち主さん」

「私を知っているとはな」

二人は並んで歩きながら、申し合わせたかのように人気《ひとけ》のない方へと向かいます。

やがて喧騒《けんそう》が遠くに聞こえる路地裏に入るとウサギの着ぐるみは紳士的に会釈《えしやく》しながら名前

を名乗ります。

「申し遅れました、私はイブ・プロフェン。大国プロフェンの王様よ」

ソウは顔色一つ変えません。

「プロフェンの王様……問題はそこではないな、私をルーン文字人間と知っているのは限られている、つまりは――」

「そそ、アルカちゃんやユーグちゃんと同じ時代の人間よ」

「かのプロフェンの王様が連中と同じ人種だとは意外だな……で、何の用かね。用件なら密に連絡を取っているユーグを通じて伝えてもいいものを」

イブは楽しそうに小躍りします。

「あなたに直接伝えたい有益な情報があったのよ、お祭りに紛れて張り込んでいて正解ね」

「有益な情報……私が望む事はたった一つだけだが……」

「そのとおり、あなたが確実に消滅できる方法よ」

ソウの目が初めて険しくなります。

イブは気圧されることなくつらつらっとその方法を口にします。

「ロイド・ベラドンナを殺す事よ」

「冗談は好かないが」

なおも眼光鋭いソウ。

イブは変わらずおどけながら納得できる理由を添えて彼に伝えます。

「アルカちゃんやユーグちゃんからあなたの事を聞いてちょっと調べたのよ……そしたら不安定だったあなたがはっきり自我を持ち始めたのは十年くらい前なのよね」

「あぁ、およそ十年前から意思や感情が少しずつ……死なない者としては煩《わずら》わしい限りだよ」

吐き捨てるようなソウの言葉。イブはその様子を見て楽しそうに話を続けます。

「その十年前、一人の少年が一つの小説に出会ったわ……少年はその小説に出てくる軍人に憧《あこが》れ十五になったある日アザミ王国へと旅立ったわ」

「――――ッ！」

何か感付いたのか、ソウは息を飲みました。

「その少年の名前はロイド・ベラドンナ。あなたが新たな英雄に仕立て上げようと熱を上げている彼よ」

「……待ってくれ……それが本当だとしたら」

イブは「本当よ」と念押しします。

「古代ルーン文字……複雑な象形文字に「魔力」と呼ばれる力を加え見た人がイメージした事象を引き起こす行為、当時は「新時代のルーン文字」だの「ルーン施術」なんて言っていたわ。あなたが今まではっきりと自我を持てなかったのは「イメージ」と「魔力」が足りなかったから。自我を持つまで至ってしまったのは途方もない「魔力」を持つロイド君が「小説の英雄に憧れのイメージを描き続けている」からよ」

「しかし、殺す必要はないのでは……彼に殺されれば……」

「難しいわね、ロイド君はあなたを見て「悪い人」と認識したんでしょ」

「そうだ、だから彼こそ新たな英雄にふさわしい」

「違うのよ。あなたを見て「悪い人」だと思ったのはイメージする「英雄」から逸脱した行為をしているから。あの子に殺されてもきっと彼の願う「英雄」として復活してしまうわ」

半ば一方的なイブの見解。

しかしソウは思い当たる節があるのか、はたまたそれが事実である事を感じ取ってしまったのか「ありがとう」と言葉少なに礼を言うと踵《きびす》を返し喧騒の方へと去って行ったのでした。

彼の背中を見送ったイブは楽しそうに体を揺らし笑います。

「そ、殺してくれればきっとアルカちゃんはあの子を生き返らせるために私たちと手を組むわ」

ソウが消えようがこの世にとどまり続けようが知った事ではない。

自分の目的のため、彼をかどわかしたことを悪びれることなく独り言ちたイブは彼と逆方向へと向かって行ったのでした。

第四章

たとえば憧れればかりが先行する若者にありがちな青春の悩み

栄軍祭が終わりアザミ王国士官学校周辺は普段の雰囲気が戻りつつありました。

士官候補生も教官も所々に片付け忘れた国旗などの飾りつけの一部や風船の欠片《かけら》などを見つけては郷愁に駆られたりするのでした。

ロイドは登校中にそんな名残を片付けながら嵐《あらし》のように過ぎ去った石像騒動を思い出していました。

ザルコにアルカ……怪盗と妖怪の仕業でお祭りを楽しむ余裕はなく、すべてが終わった後全員ぐったりして帰宅したのですがそれも今ではいい思い出のようです。

「大変だったけど……忘れられない思い出にはなるかな」

そうそう、ザルコですが軍の地下牢に収監され現在取り調べ中です。ボコボコにされた影響か饒舌《じょうぜつ》だったキャラは影を潜めボソボソ独《ひと》り言《ごと》を言ったり時折ボーっとしたりするようになり、クロム曰《いわ》く取り調べにはかなり時間がかかりそうだとのことです。

騒動の中心にあった愛の石像（笑）は無傷のままプロフェンへと返却され軍上層部の方々はほっと胸をなでおろしたそうです。ちなみに「なんでこんな事をしたの」と周囲に問い詰められたアルカはロイドに怒られ三日間ほど寝込んだそうです。アルカのハートは無傷とはいかなかったようですね。

「まったく変な発作起こしちゃって村長は……そのせいであんな恥ずかしい格好で走り回る羽目になったんだから……」

散々な目にあったロイド。しかし得たものは少なくなかったようです。

「あ、おはようロイド君。ゴミ拾いかぁ、感心感心」

「おはようございます、えっと……あぁ！　諜報部の！」

「アハハ、あの時は占い師の格好だったからなぁ。占ってほしい時があったらいつでも言ってね～恋の相談、進路の相談、何でもござれだよ」

とまぁこんな風に色んな部署の方々と仲良くなり交友関係の幅が増えたことを嬉《うれ》しく思うのでした。

去り行く諜報部の先輩の背中を見ながら、ロイドは思う所のある表情を見せました。

「進路か、そろそろ考えた方がいいのかな……」

小説の軍人に憧《あこが》れ、軍人になりたいという一心でコンロンからアザミにやって来たロイド。漠然とした憧れをしっかり形にしないといけない、目的を明確にしないと、と考えていました。

「うん、そうだね。一年生のまとめ役として、みんなの模範になるように、しっかり進路は決めておかないと」

　一年生もいよいよ後半戦、ここから自分に合った配属先を探そうと改めて気合いを入れ直す彼は元気よく教室の扉を開きました。

「おはようございます！」

　爽《さわ》やかかつ朗《ほが》らかなロイドの朝の挨拶《あいさつ》。

　しかし彼の目に飛び込んできたのは落ち込んだリホが机を涙で濡《ぬ》らしている光景でした。

「ど、どうしたんですかリホさん⁉」

　駆け寄るロイド。彼女の横にはセレンとフィロが背中をさすったりして慰めていました。何があったのか非常に気になりますね。

「いったい……あの騒動が終わった後も元気だったリホさんが……」

　そうです、あんな大騒動があって全員ぐったりしたにもかかわらずリホだけは元気だったのです……まぁ理由はお祭しのとおりメイド&執事喫茶が儲《もう》かったからなのですが。

「……モガ」

　リホは小さく口を動かし何やらモゴモゴ言っていますが全く聞き取れません。入れ歯を外したお年寄りでももう少しましなレベルです。

　彼女の代わりにセレンが答えます。

「リホさん、あのメイド喫茶でかなり儲けたじゃないですか……それがあの騒動でぶつけたハイブリッド列車の修理に充てられまして」

「あ」

ロイドはすっかり忘れていました、怒りに燃えたリホが展示していた列車をザルコにぶち当てたことを。

「…………ロールが「足が出た分はウチが補塡《ほてん》したんや、ありがたく思いや」って言っていたから……たぶん素寒貧《すかんぴん》」

「誰も止めなかったどころかむしろ「やっちまえ」なノリでしたからね、納得いかないのも分かりますわ」

セレンとフィロは仲良くリホをツンツンと突いています。

「ちくしょうめ……」

彼女は絞り出すように憎まれ口を口にするのが精一杯でした。

悲しみに暮れるリホ。その後ろから今度は騒々しくアランが現れます。

「おぉぉ！　おはようございますロイド殿！　その他三名！」

「……他て」

静かにツッコむフィロ。セレンも何事かとアランを問い詰めます。

「どうしましたアランさん？　私のように警察の激しい職質から逃げてきたのですか？」

彼は手の甲で汗をぬぐいながら、んなわけないと反論します。

「お前と一緒にするんじゃねえ……もっと恐ろしいもんだよ」

身震いするアラン。いったい何が？　と聞く間もなくババンと教室の扉が開き──飛び込んできたのはアザミの軍服に身を包んだレンゲでした。

どうやら彼女は先の特別講師としての要請を快《こころよ》く受け、念願のアランと一緒のアザミ王国に移住したようです。

「アラン殿、ちゃんとハンカチを持ったか確認しましたか？　あと朝しっかり水分をとっていないですよね、今お白湯をお持ちいたしますから」

「れ、レンゲさん！　そこまで気を遣わないでいいから……ていうか俺《おれ》の部屋に朝から忍び込まないでくれ」

結婚しているのに押しかけ女房なこの状況、人によっては羨《うらや》ましい限りですが……おせっかいの焼き方が人妻というよりオカンですね。

アランはこの世話焼きラッシュに苦悶《くもん》の表情のようです。

「憧れのシチュエーションですわ」

「……あれ、心配しすぎてもはやお母さんだよ」

セレンが羨ましそうに二人を眺めている横でフィロが真顔でツッコみました。

そんなお母さんムーブをかますレンゲの後ろから申し訳なさそうにクロムとコリンが教室に入ってきます。

「すいませんレンゲさん、ホームルームが始まるのでそろそろ……」

「あらこれは申し訳ありません、ノーエレガントでしたわね……では私は軍指南役としてのお勤めをエレガントに果たしてきます——あぁアラン殿、しっかり授業を受けて卒業してくださいね、留年して同棲《どうせい》が先送りになったりでもしたら……お覚悟を」

「はひ」

もはや脅《おど》しレベルなレンゲの一言、アランの声がうわずるのも仕方がありません。

「卒業後の同棲をこんな朝から再確認……憧れのシチュエーションですわ」

「……お覚悟言うのが憧れなの？」

表情筋がピクリと動いていないフィロですが言葉からは呆《あき》れがにじみ出ていました。

「では、私の旦那をよろしくお願いいたします」

そしてレンゲはエレガントに一礼すると教室を後にしました。

「いやいや、また大変なキャラが来おったなぁ。しかもアスコルビン自治領からわざわざ来てもらったから雑に扱えんし……恋に真《ま》っ直《す》ぐで羨ましいわ」

ため息交じりのコリンの台詞《せりふ》には本音が見え隠れしています。

「とはいえセレンよりかはマシだろう、なんかあったらアランに何とかしてもらえばいい」

「せやな、もうマニュアルができてるようなもんやし。最悪アランに丸投げやな」

「不穏な言葉が聞こえてるんですけど」

そんな哀愁漂うアランの言葉をスルーして、教官二人は壇上に立ち皆を整列させました。

「よし、全員いるな……メンタル的に満身創痍の人間は何人かいるが」

金儲け失敗のリホとマリッジブルーなアランの二人を気にかけながらクロムとコリンはホームルームを始めます。

コリンは「足りんかったら言ってやー」と何やら紙を配り始めました。

その書面には「進路希望調査」の文字が書かれており、今し方進路について考えようとしていたロイドは目を丸くしました。

「し、進路ですか」

あまりにタイムリーすぎてびっくりしたロイドにコリンが優しく説明をします。

「せや、読んで字の如《ごと》く進路の希望調査や。第一希望から順々に記入、自分の適性に合った配属先を希望するもよし、憧れ優先で希望するもよし、あんま深く考えんでええよ」

そう言われても性格なのでしょう、ちょっと難しい顔をして考えるロイド。

彼の横に陣取っているセレンが挙手して質問します。

「でも入学して半年しか経《た》っていませんし、進路に関してはまだ早いのでは？　先輩方も二年に上がってから考え始めたとか言っておりましたけど……」

「むぅ……ま、まぁ早いにこしたことはないだろう」

歯切れの悪いクロムの返答にフィロが怪しむ視線を送ります。

クロムとコリンは顔を見合わせ笑って誤魔化《ごまか》すと教室の端へ移動し何やら密談を始めるのでした。

「どないしょクロムさん、めっちゃ怪しまれとるで」

「しかし本当のことは言えないだろう……何せ」

そして二人は同時にロイドを見やりました。

「王様がしかるべきポストを彼に与えたいがため、希望の配属先を聞いてこいだなんて」

「せやな、マリア王女様との結婚前提や……セレンちゃんが知ったら内臓から何やら中身飛び出してまうかもしれん」

おっと、どうやらとんでもない裏があったようです。

そんな事も露《つゆ》知らず、ロイドはアゴに手を当てながら真剣に進路希望の紙とにらめっこしていました。

「真剣に考えとるなぁ……なんや申し訳ないで」

「しかし、いい機会だ」

「他《ほか》に何かあるんか」

クロムは困ったように頷《うなず》くと理由を吐露しました。

「あぁ、軍の上層部のお三方がロイド君にぞっこんでな……やれ警備に連れてこいだ外交部門を志望するよう仕向けてくれとか軍のニューマスコットとして広報課に是非ともとか……ロイド君の進路希望が分かれば諦《あきら》めてくれるだろう」

「そら難儀やな……」

もう一度二人はロイドの方を見やります。

「進路か……帰ったらマリーさんに相談しようかな」

年相応に悩む少年。

その姿からは、いつかアザミの王様になるかも知れない人物とは思えません。そして本人もそんな可能性など微塵《みじん》も考えていないでしょう。

そう、たとえるなら身分を偽《いつわ》った王女様に惚《ほ》れられてちょっとした田舎《いなか》の少年が王様になるかもしれない……そんなありきたりすぎる成り上がり物語が現実にあるなんて思わないでしょうからね。

あとがき

運命の出会いというのは以外に身近なところで起きたりするものです。

私はほんの数年前はこんな事になるとは思ってもいませんでした。

気恥ずかしさや変なプライドが先行して、自分の気持ち、薄々気が付いていた事実から目を背けていたんだなと、今思うと恥ずかしい限りです。

そんな男として情けない私が、自分を棚に上げ今みなさんに言えることは一つです、大事なのは勇気だと。そして今、胸を張って言えます。出会えてよかったと……


——というワケで薄毛治療スカルプシャンプーをついに購入しました。

なんかよさげな薬用成分のおかげで洗髪時の抜け毛が激減し「何でもっと早く購入しなかったんだ」と後悔しているところです。

「きっとこれも円形脱毛だ、しゃーないアニメ化したもんな」なんて自分の頭皮環境が悪化している事実から目を背けていた自分が恥ずかしいです、ほんの数年前は自分は大丈夫なんて楽観視していましたが、それではダメということですね。近所の薬局で見かけたとき即購入しておけばよかった……

ところで話は変わりますが、素敵な恋人との出会いってどうすればいいんでしょうか？　人生という神ゲーはシンボルエンカウントなんですか？　……シンボル見当たりませんがバグってませんか神様？

はい、お疲れさまです。最近シャンプーを変えたら洗髪後の抜け毛が激減し喜びに満ちあふれ、テンション割高のサトウです。もっと早く変えていれば散っていた髪と書いて「友」と呼ぶ仲間たちも何名か救えていただろうなぁ……と思う日々を過ごしております。

話が横道にそれる前にまずは謝辞を。

担当のまいぞー様、初稿精度上がりましたが今度は改稿精度が下がってしまってすいません。イラストの和狸ナオ先生、メイド服に執事服と最高のロイド君をありがとうございます。コミカライズの臥待始先生、毎回コミカライズの素晴らしい書き込みに脱帽です。スピンオフの草中先生、うちのロイド君達を可愛く描いていただきありがとうございます。アニメ関係者の方々、ダメな原作者でホントすいませんでした。皆様のほうが原作理解がめっちゃ深かく、原作者なのに「え？　そうだったんですか？」という状況がしばしば（笑）

編集部や営業部、ライツ、書店員様などラスダンに関わる全ての方には感謝してもしたりません。そして読者のみなさま、ラスダンシリーズをお手に取っていただき本当にありがとうございます。少しでも笑ったり楽しんでいただけたら幸いです。

サトウとシオ

ファンレター、作品の
ご感想をお待ちしています

〈あて先〉

〒106－0032
東京都港区六本木2－4－5
ＳＢクリエイティブ（株）
GA文庫編集部 気付

「サトウとシオ先生」係
「和狸ナオ先生」係

本書に関するご意見・ご感想は
右の QR コードよりお寄せください。

※アクセスの際や登録時に発生する通信費等はご負担ください。

https://ga.sbcr.jp/

たとえばラストダンジョン前の村の少年が序盤の街で暮らすような物語 9

発　行　　2020年4月30日 初版第一刷発行
著　者　　サトウとシオ
発行人　　小川　淳

発行所　　SBクリエイティブ株式会社
〒106－0032
東京都港区六本木2－4－5
電話　03－5549－1201
03－5549－1167（編集）

装　丁　　AFTERGLOW

印刷・製本　中央精版印刷株式会社

ISBN978-4-8156-0510-0
Printed in Japan　　GA文庫